나는 즐겁다

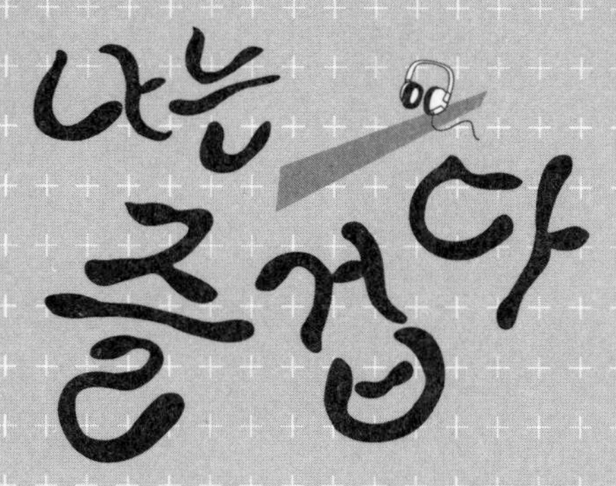

김이연 장편소설

사□□계절

밴드 영양실조
1st공연
20△△.△△.△△.Fri PM8

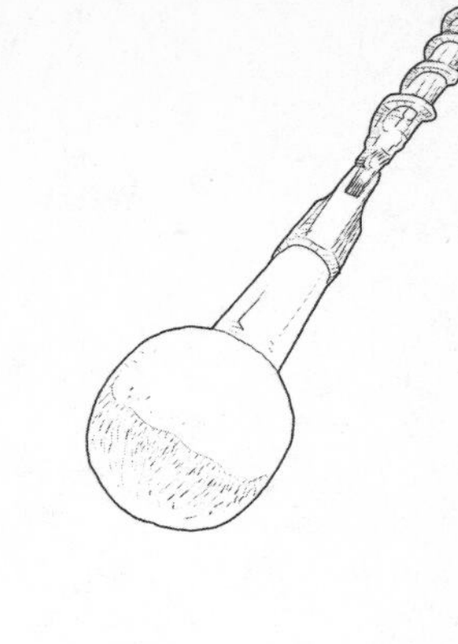

차 례

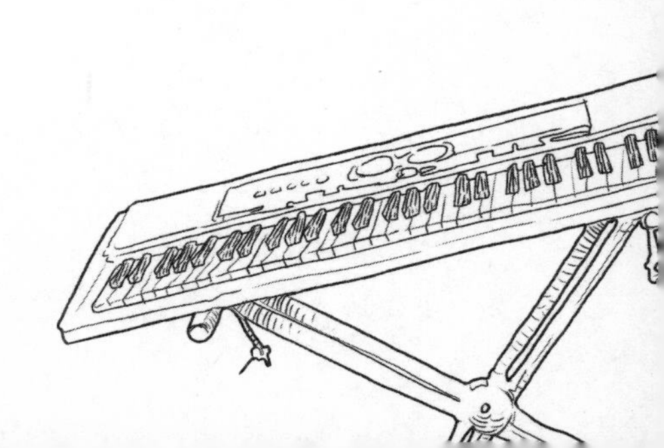

1. 밴드 영양실조

내 이름은 이란. 나이는 열여섯. 두 달 전 어처구니없는 사건으로 5인조 록 밴드의 보컬이 되었다. 고작 중학교 3학년짜리가 어쩌다 직장인 밴드에 들어가게 된 걸까. 당사자인 나조차 의아할 때가 있다. 어쨌거나, 지금은 금요일 밤 아홉 시. 우리는 카페 '파라다이스'에서 커피나 술을 마시러 온 사람들을 위해 공연을 하고 있다. 오늘 밤 우리는 다섯 곡을 연주하기로 했는데, 지금은 마지막 곡 '굿바이 투 로맨스'의 간주 연주 중. 그리고 나는, 멤버 소개 중이다.

"밴드 '영양실조'를 소개하겠습니다. 리더이자 드러머 도계서."

부술 듯이 드럼을 내리치는 계서 아줌마. 무대 맨 뒤에 앉아 있지만 우람한 팔뚝과 큰 머리 때문에 맨 앞에 서 있는 나보다도 더 눈에 띈다. 나이는 서른다섯, 직업은 환경 단체 간사. '개'와 '새끼'라는 이름의 유기견 두 마리를 키우며 혼자 살고 있다. 드럼 연주를 할 때마다 출렁거리는 팔뚝 살과 점점 심해지는 지구 온난화가 인생 최대의 고민. 세상 모든 일에 참견하고 간섭하고 앞장서지 않으면 직성이 안 풀리는 성격으로, 남의 일도 제멋대로 결정해 버리는 게 특기다.

"생각은 무슨 생각! 생각 오래 하는 사람치고 옳은 결론에 도달하는 사람 못 봤어요. 지금 결정합시다. 그래요. 좋아요. 그럼요. 그렇죠. 열심히 해 봅시다. 자, 모두 박수!"

두 달 전, 이렇게 해서 계서 아줌마는 나를 영양실조의 보컬로 만들어 버렸다.

"리드 기타에 이맹수."

무대 바로 앞 테이블에 앉은 손님과 잡담을 나누다 솔로 연주 타이밍을 놓친 맹수 아저씨. 실력으로는 우리나라에서 열 손가락 안에 꼽힐 정도의 천재 기타리스트. 하지만 치명적 약점이 있다. 바로 멍한 정신 상태! 하루 중 대부분의 시간을 '멍 잡으며' 흘려보낸다는 아저씨는, 모든 일에 제대로 주의를 기울이지 않는 탓에 주변 사람을 짜증나게 만든다. 기타리스트가 연주만 잘하면 됐지 조금 멍한 것이 그렇게 큰일일까 싶기도 하지만, 나왔다 안 나왔다 제멋대로인 텔레비전 같은 아저씨의 정신을 가까이에서 목격하는 나로서는 그 둘 사이에 아무런 상관이 없다고 쉽게 단정할 수만은 없다.

아저씨를 처음 만난 날, 계서 아줌마의 "자, 모두 박수!" 하는 외침에 아저씨는 질질 흘리며 먹고 있던 바닐라 아이스크림을 바닥에 툭 하고 떨어뜨렸다. 그러곤 허둥지둥 닦을 걸 찾아다니다 자기가 흘린 아이스크림을 밟고 미끄러졌고, 미끄러지면서 탁자 위 유리잔을 와르르 떨어뜨려 깨뜨렸다. 일이 거기까지 미치자 아저씨의 정신은 고장 난 텔레비전이 되어 버렸다. 아저씨는 한동안 동공이 풀린 채 멍하게 앉아 있다가 계서 아줌마 목에 감긴 스카프를 풀어 주변을 주섬주섬 닦기 시작했다.

"아, 짜증 나. 맹수야. 그렇게 꼭 이름값을 하고 싶냐? 정신이 어쩜 그렇게 헐었니? 느이 아버지가 이 카페라도 안 물려줬으면 어떡할 뻔했어. 이 맹꽁아!"

계서 아줌마가 아저씨 손에 들린 스카프를 홱 낚아채며 윽박질렀다.

"아."

맹수 아저씨는 얼빠진 표정으로 중얼거렸다.

"근데 계서야. 나 방금 악상이 머릿속을 훑고 지나갔어. 잠시만."

기타 줄을 몇 번 퉁퉁 퉁기더니 연주를 하며 노래를 부르는 아저씨.

탄 냄새가 나요오~
밤이니까요오~
하늘이 홀라당 타 버렸어요.
누가 119에 신고 좀 해 주세요.

아, 진짜 확 신고해 버리고 싶었다.

"다음은 베이시스트 박복태를 소개합니다."

복태 오빠가 엄지와 새끼손가락으로 뚜구뚜구뚜구뚜구 현란한 초퍼(chopper, 베이스 기타의 현을 때리거나 잡아 뜯어 강렬한 소리가 나도록 연주하는 주법) 연주를 시작하자 키위 주스를 쪽쪽 빨아 먹던 한 무리의 여자애들이 빨대를 흔들어 대며 절규한다. 나도 같은 여중생이니 그 애잔한 마음을 이해 못 하는 바 아니다. 하지만 이건 아니다. 대상을 골라도 너무 잘못 골랐다. 테이블마다 찾아가서 박복태의 실상을 낱낱이 고발하고 싶은 마음이 간절하다.

고등학교 2학년인 복태 오빠는 촌스러운 이름을 배반하는 잘생긴 외모 덕택에 인근 학교 여학생들한테 인기 최고다. 몇몇 연예 기획사에서도 수시로 섭외를 시도하는데 무슨 이유에선지 그쪽으로는 아예 눈길도 주지 않는다. 어쨌든 복태 오빠가 떴다는 소문이 돌기만 하면 이 동네 여중고생 스무 명 정도는 자동으로 소집된다.

하지만 그녀들은 알까? 자신들이 그토록 숭배해 마지않는 '그분'의 특기가 공연 중 드럼 박자에 맞춰 붕붕 방귀 뀌기, 취미는 코딱지 파서 손가락으로 비비기라는 것을. 게다가 신발 벗는 식당에라도 가면 중식이든 일식이든 한식이든 상관없이 모든 메뉴에 청국장을 추가하는 위력을 가진 발을 달고 다닌다.

"연습은 일주일에 두 번, 두 시간씩. 맹수 아저씨 가게 파라다이스에서 금요일 밤마다 공연. 특별히 하고 싶은 곡 있으면 밴드 인터넷 카페 게시판에 올리면 되고. 아, 회비는 월에 이만 원. 계좌 번호도 게시판에."

성격은 또 어찌나 그리 무뚝뚝하고 냉정하신지……. 이게 인사도 통성명도 없이 처음 본 사람에게 한다는 소리다. 잘나셨다, 정말.

"안녕하세요, 여유미예요. 예쁘게 봐 주세요."

베이스 솔로가 끝나기 무섭게 제 앞 마이크에 대고 스스로를 소개하는 키보디스트. 테이블 곳곳에서 아저씨들이 내는 굵고 낮은 괴성. 으으으, 소름 끼친다. 유미는 소리가 나는 쪽으로 고개를 돌려 찡긋, 눈인사를 잊지 않는다. 오늘따라 화장이 진하다. 교복 치마도 짧아 보인다. 엉덩이를 살랑살랑 움직일 때마다 치마는 팔랑팔랑, 허벅지는 슬쩍슬쩍. 나는 알고 있다. 여유미는 지금 일부러 저러는 거다.

며칠 전 유미와 함께 합주실로 가는 길에 교복 블라우스의 단추, 첫 번째도 아니고 두 번째 단추가 풀린 것을 발견하곤 유미가 부끄러워할까 봐 일부러 넌지시 이야기해 주었더랬다.

"유미야, 거기, 단추."

그러나 되돌아온 대답!

"알아. 컨셉이야."

여유미와 나는 같은 학교 같은 반이다. 그게 다다. 평범한 급우, 그 이상도 이하도 아니다. 늘 거울 앞에 있는 유미와 늘 매점에 있는 내가 친하게 지내기에 우린, 동선 자체가 다르다. 그런 유미와 내가 밴드, 그것도 직장인 밴드의 같은 멤버가 되었다니. 이게 다 그 깐깐한 음악 선생님이 내 준 수행 평가 탓이다.

그러니까 그날도 나는 평소와 다르지 않은 일과를 보내고 있었다. 급식 때 좋아하는 제육볶음이 나와서 두 번이나 더 퍼다 먹고 내친김에 밥까지 한 그릇 더 먹었더니 온몸이 나른해져 이어폰을 끼고 책상 위에 엎드렸다. 사르르 꿀 같은 잠에 빠져들 때쯤 누군가 어깨를 툭툭 쳤다. 고개를 들어 보니 여유미가 앞머리에 구루푸를 만 채 샐샐 웃고 있었다.

멍하게 쳐다보고 있는데 여유미가 입을 벙끗거렸다. 하지만 소리가 들리지 않는다. 나는 점점 더 멍해졌다. 참다못한 여유미가 내 귀에서 이어폰을 뺐다. 그제야 들린다.

"안 가니?"

여유미가 눈알을 또르르 굴렸다.

"뭐? 어딜?"

잠이 덜 깬 눈을 비볐다.

"음악실 말이야. 종 친 지 좀 됐는데."

"악! 진짜?"

주위를 둘러보니 정말 아무도 없었다. 시계를 확인하니 수업 시작한 지 벌써 십 분이나 지나 있었다.

"근데 너는 안 가고 뭐 하냐?"

서둘러 사물함에서 음악책을 꺼내며 물었다.

"나? 주번. 교실 정리하고 나가야지."

여유미가 앞머리에 만 구루푸를 풀며 대꾸했다. 교실이 아니라 지 머리 정리겠지.

"어쨌든 뛰어."

어물쩍거리는 여유미 손목을 잡고 교실 뒷문을 빠져나왔다.

"좀 천천히 가. 뛰면 머리 헝클어진단 말이야."

당연한 일이지만, 음악실에서는 이미 수업이 한창 진행되고 있었다. 봄의 교향악이 울려 퍼지는 청라 언덕 위에는 백합이 이미 한창 피어나고 있었던 것이다. 여유미와 나는 가쁜 숨을 몰아쉬며 음악실 뒷문을 살며시 열었다. 드르륵 하는 문소리와 함께 청라 언덕과 같은 내 맘에 백합 같은 내 동무들 마흔

명이 한꺼번에 우리를 응시했다.

"니들은 뭐하는 놈들이야? 지금이 몇 신데 이제 기어들어 와?"

피아노를 치던 손으로 내 등짝을 사정없이 후려치며 음악이 물었다.

"아, 죄송해요. 그만 깜박 잠이 들어서."

아, 쪽팔리고 아프다.

"넌 뭐야?"

"주번요."

여유미가 샐쭉한 표정으로 대꾸했다.

"이 새끼야. 이름이 뭐냐고!"

음악이 어이없다는 듯 여유미를 흘끗 보더니 출석부를 집어 들었다.

"여유미요."

"이란, 여유미. 너희들은 수업 시간에 늦은 벌로 벌점 십 점씩이다. 그리고 둘 다 복도로 나가서 책 물고 손들고 있어."

청라 언덕에 백합과 흰 나리꽃이 수십 번 피었다 지고 나서야 드디어 수업을 마치는 종이 울렸다. 침 범벅이 된 책을 입에서 빼내고 저린 다리를 펴는데 반 아이들이 우르르 나왔다.

"이 씨, 귀찮게 웬 수행 평가야."

"그러게. 학원 시간 꽉 잡혀 있는데 웬 콘서트 관람?"

웅성거림 속에서 몇몇 아이들이 나누는 이야기가 들렸다.

"야, 숙제 있냐?"

반 아이 가운데 한 명에게 물었다.

"다음 주까지 모둠별로 콘서트나 음악회 관람하고 연주자나 가수 미니 인터뷰해서 동영상으로 담아 제출하래."

"뭐? 모둠? 젠장."

나는 수행 평가가 진짜 싫다. 모둠을 짜서 하는 건 더더욱 싫다. 차라리 시험을 보라고 하지! 왜 이런 걸로 귀찮게 하는지 모르겠다. 나는 모둠에 끼는 게 힘들다. 모둠 안에서 하는 역할도 매번 어정쩡하다. 마음이 무겁고 왠지 모를 소외감도 종종 느낀다. 선생님들은 협동심을 키우기 위해 모둠 과제를 내 준다고 하는데, 어차피 혼자 사는 세상에 협동심 따위 키워서 뭐하나 싶다. 그나저나 벌써 벌점 십 점이나 먹어서 이번 수행 평가는 잘해야 하는데. 큰일이다.

혼자서 투덜거리고 있는데 여유미가 내 어깨에 손을 얹으며 말을 걸었다.

"이란. 너 나랑 모둠 안 할래?"

"뭐? 너랑?"

"유명하진 않지만 우리 삼촌, 록 밴드 기타리스트거든. 라이브 카페에서 공연도 하고."

"진짜?"

웬 떡이냐 싶었다.

"응. 안 그래도 오늘 딱 공연하는 날인데. 우리 그냥 해치워 버릴까?"

"그, 그래도 돼?"

모든 일이 술술 풀리자 도리어 살짝 긴장되었다.

"섭외는 내가 했으니까 대신 동영상 촬영 진행이랑 편집은 다 니가 하는 거다."

어쩐지. 떡이 살짝 목에 걸린 기분. 하지만 그 정도야 뭐, 충분히 넘길 수 있다. 괜히 다른 모둠에서 더부살이하며 이 눈치 저 눈치 보느니 이편이 훨씬 마음 편하다.

그리하여 그날 저녁 카페 파라다이스에서 나는 영양실조의 멤버들을 모두 만나게 되었다. 맹수 아저씨와 계서 아줌마, 그리고 복태 오빠. 그들은 테이블에 모여 앉아 기말고사 성적표 구기듯 인상을 마구 구겨 대고 있었다. 밴드라더니, 뭐야. 곧고 긴 다리에 허리까지 내려오는 머리칼, 대나무처럼 쭉 뻗은 손가락, 카리스마 넘치는 눈빛은 어디 가고 다 늙은 아저씨에 뚱뚱한 아줌마에 또 한 명은 고딩? 어라, 근데 고딩이 코를 파네. 거기에 대고 나는 예의 바르게 인사를 했다. 하지만 그 누구도 내 인사를 받지 않았다.

"유미 잘 왔다. 너 오늘 키보드 좀 쳐 주라."

계서 아줌마가 유미 손을 덥석 잡았다. 나는 약간 민망해져 어정쩡한 자세로 대충 서 있었다.

"왜? 키보드 언니 오늘 또 못 온대?"

유미가 내 팔을 잡아끌어 의자에 앉혔다.

"야, 말도 마라. 오늘 아홉 시 공연인데 네 시에 전화해서 오늘 야근한다고 못 온댄다. 아니, 도대체 무슨 놈의 야근이 출근이랑 세트야? 라면에 계란이야? 확 노동부에 고발해 버릴까 보다. 그리고 키보드도 그래. 누구는 뭐 일이 없어서 꼬박꼬박 나온다니? 나도 회사 가면 할 일 많다고! 이거 왜들 이래!"

계서 아줌마가 목에 핏대를 세웠다.

"사실 뭐, 계서 니가 정식 회사에 다니는 건 아니잖아."

바닐라 아이스크림을 밥숟가락으로 퍼 먹던 맹수 아저씨가 끼어들었다. 아줌마의 빠직거리는 눈빛에도 아랑곳없이 계속 떠들어 댔다.

"엄밀히 말하면 기업과 시민 단체는 다르다고 할 수 있지. 게다가 너는……."

"그러지 뭐. 오늘 키보드 자리 내가 때울게. 근데 보컬 언니도 안 보이네."

유미가 손으로 아저씨 입을 막으며 말했다.

"그러게 말이다. 회사 국정 감산지 뭔지 때문에 빠져나올 수 있을지 없을지 모르겠대. 나 참, 키보드도 키보드지만 지금 당장 보컬을 어디서 구하냐고."

아저씨 귀를 비틀며 계서 아줌마가 한숨을 폭 내쉬었다.

이 씨, 뭐야. 여유미! 수행 평가 한번 편하게 해 보려고 했더니. 진짜 도움이 안 된다!

"잠깐!"

짜증이 북받쳐 그만 일어나려는 찰나, 여유미가 나를 보더니 눈을 뻔득거렸다.

"참, 소개를 깜박했네. 내 친구야. 이름은 이란. 그리고…… 얘 노래 엄청 잘해."

모두 침묵. 그리고 나에게 쏟아지는 눈길들. 아, 따갑다.

"야, 너 무슨 말을 하는 거야?"

당황하여 급하게 말이 나가는 바람에 새된 소리가 났다.

"지난번 중간고사 음악 실기 시간 때 말이야. 너 노래하는 거 듣고 나 완전 뿅 갔잖아. 너 전교에서도 유명하던데? 노래 잘하는 걸로."

여유미가 히죽거리며 손가락으로 내 볼을 살짝 꼬집었다. 아, 얘 뭐냐.

"그럼 지금 즉석 오디션을 봐 볼까? 어디 한번 불러 봐요. 아무거나. 자신 있는 걸로다가."

계서 아줌마가 짱짱하게 팔짱을 꼈다.

"아니요. 뭔가 오해하시는 것 같은데요. 저는 여기에 오면 수행 평가를 할 수 있다고 얘가 그러기에 따라온 것뿐인데요. 전 아직 중학생이고 이런 데 관심도 없고……."

"아, 떨지 말고."

뭐야? 내 말을 듣는 거야, 마는 거야. 도통 말이 안 통하는 사람들. 화가 나 견딜 수가 없었다. 가방을 들고 나가 버리려는데 유미가 막아섰다.

"안됐잖아. 오늘 공연인데 보컬도 없고 키보드도 없고. 눈 딱 감고 해 주자. 어차피 계속하자는 것도 아니고 딱 한 번이잖아. 그리고 수행 평가로 제출할 인터뷰 해 달라고 하려면 이거, 도와줘야 할 것 같은 분위기 아니니?"

제기랄. 벌점만 안 맞았어도 이러지 않아도 됐는데. 아, 정말 짜증 나.

"생각 좀 해 보고."

심드렁하게 대답했다. 그리고 이어진 계서 아줌마의 정리 발언.

"생각은 무슨 생각! 생각 오래 하는 사람치고 옳은 결론에 도달하는 사람 못 봤어요. 지금 결정합시다. 그래요. 좋아요. 그럼요. 그렇죠. 열심히 해 봅시다. 자, 모두 박수!"

그다음은 맹수 아저씨가 아이스크림을 흘리고, 계서 아줌마가 또 잔소리하고…….

그날 단 두 시간 연습으로 첫 무대에 오른 후, 한 번이 두 번이 되고 세 번이 되어 나는 계속해서 영양실조에 걸린 상태. 물론 키보디스트 여유미도 함께이다.

이렇게 얼떨결에 중딩들로 멤버 교체된 우리 밴드의 공연은 의외로 반응이 좋다. 그래서인지 계서 아줌마는 은근슬쩍 멤버 모집 오디션을 열지 않고 있다. 게다가 원래 있던 보컬 언니는 국정 감사가 연기됐다며 연달아 불참을 선언하다 아예 잘렸다. 그때가 5월, 지금이 7월이니 두 달 넘게 나는 영양실조 보컬로 지내고 있다.

급기야 오늘 합주 때는 맹수 아저씨가 이런 이야기를 하기도 했다.

"우리 밴드 이름, 아예 '중고딩밴드'로 바꾸면 어때?"

2. 오디션

뛴다. 뜨겁고 덥고 미끈미끈하고 끈적끈적한 여름의 한복판을 나는 달리고 있다. 늦었기 때문이다. 그리고 여유미도 늦었다. 근데 재는 왜 안 뛰는 걸까. 아, 똥도 마려운데.

"좀 뛰면 안 돼?"

뛰다 말고 뒤를 돌아보며 여유미에게 소리를 질렀다.

"땀나잖아. 화장 번진단 말이야."

역시 여유미다.

타다다닥. 합주실 계단을 뛰어 내려갔다. 헉헉, 숨차다. 문밖으로 조그맣게 새어 나오는 연주 소리. 통탕통탕 제멋대로인 걸 보니 아직 시작하진 않은 모양이다. 손목시계를 보니 오후 다섯 시 이십 분. 이십 분이나 늦었다.

빰빠라밤 빰빰빰 빰빠라밤.

"이천 원! 당첨!"

문을 열고 들어서자 맹수 아저씨가 팡파르를 연주해 댔다.

"맹수 아저씨, 너무 좋아하시는 거 아니에요?"

"아하하. 어서 벌금을 내시오. 십 분 지각에 천 원. 이십 분이니까 이천 원."

툴툴대며 지갑을 열곤 이천 원을 냈다. 돈을 건네자 다시 한 번 울려 퍼지는 팡파르. 이번엔 드럼과 베이스도 합세다. 씨, 이천 원이면 떡볶이가 한 접신데, 나의 하루치 간식이 날아갔다. 이게 다 여유미의 높은 구두 탓이다. 그러니까 학생이 왜 뾰족구두를 신고 다니느냐고. 그것도 교복에다가!

"뚱 따라 뚱 땅 뚜구두구두구두구 창. 다 모였으니 이제 시작할까? 각자 알아서들 악기 준비해."

계서 아줌마가 드럼을 두드리고는 팔목을 돌렸다. 복태 오빠는 베이스 기타 음을 맞추고 유미는 코드 몇 개를 짚으며 손가락을 풀었다.

징 지잉 지잉.

맹수 아저씨가 기타 튜닝을 하다 말고 갑자기 전화 수화기를 집어 들었다.

"기타 줄 안 맞추고 또 뭐 하냐?"

계서 아줌마가 미간을 찡그렸다.

"줄 맞추고 있는 거야."

"전화기 줄 꼬는 거 같은데?"

"튜닝기 없을 때 쉽게 튜닝하는 법을 알아냈거든. 수화기 들면 '띠이' 하는 소리 나잖아. 그 음이 위에서 두 번째 기타 줄 '라' 음이랑 같아. 그러니까 그 음 기준으로 튜닝하면 되는 거야. 몰랐지? 아하하. 나 천재다."

전화기를 붙잡고 키득거리던 맹수 아저씨가 갑자기 수화기를 탁 놓아 버렸다.

"또 뭐야?"

"아, 카운터로 연결됐어. 알바가 음료수 필요하냐고 묻는데?"

"으이그, 맹수는 맹물이나 달라고 하세요. 속 좀 차리게."

"야, 그런데 말이야. 내가 어제 곡을 하나 썼거든. 연습 들어가기 전에 한번 들어봐 주면 안 될까?"

맹수 아저씨가 우리 눈치를 보며 말했다. 우리 밴드 노래는 대부분 계서 아줌마가 글을 쓰고 복태 오빠가 곡을 붙여 만든다. 맹수 아저씨는 계속 곡을 써 대는데 늘 무시당한다.

"들어나 보죠."

복태 오빠가 아무려면 어떠냐는 듯 건조한 말투로 말하곤 코를 팠다. 나는 손가락이 나와서 어디로 가는지 두 눈으로 똑똑히 확인하기로 했다. 하지만 한번 들어간 손가락은 아저씨가 노래를 시작할 때까지 코에서 나오지 않았다.

"흠흠, 시작한다. 잘 들어 봐. 정말 죽인다니까. 어제 가게에 손님이 없어서 가만히 앉아 있는데 악상이 삭 스치더라고. 그냥 스쳐 지나가려는 걸 내가 후다닥 뛰어가서 냉큼 잡아왔지. 곡목은 '팔도 유람'. 이건 정말……."

"어서 하기나 해."

계서 아줌마 역시 심드렁하게 대꾸했다. 잔뜩 밀린 설거지거리를 앞에 둔 표정이다.

"흠흠, 그럼 시작할게."

맹수 아저씨는 피크를 머리에 한 번 쓱 문지르곤 연주와 노래를 시작했다.

전라도에 가선 전을 부쳐 먹고
경상도에 가선 경고를 하자아아~
충청도에 가선 충치 치료하고
평안도에 가선 평균을 내자아아~
경기도에 가선 경주를 하고
황해도에 가면 말짱 황이네에~
함경도에 가선 함성을 지르고
제주도에 가선 죄송합니다아~

아저씨의 연주와 노래가 끝났건만, 한동안 누구도 입을 열지 않았다.

"짜증 나."

여유미가 내 귀에 대고 작게 속삭였다.

"아저씨, 오디션 앞두고 오늘 꼭 이러셔야 돼요?"

싸늘한 표정의 복태 오빠.

"별론가?"

아저씨가 민망한지 뒷머리를 긁적였다.

그러고 보니 내일이 오디션 보는 날이다. 영양실조의 멤버가 된 이후로 지금까지 세 번의 오디션을 보고 세 번을 떨어졌다. 오디션에 합격하면 홍대 앞 클럽 무대에 설 수 있다. 처음엔 수요일 저녁같이 손님이 별로 없는 타임에 잠깐 서게 해 준다. 그러다 반응이 좋으면 주말로 옮기고 기획사 사장 눈에 들면 음반도 낼 수 있다. '자우림'이나 '노브레인', '크라잉넛'같이 이제는 확 떠 버린 밴드들도 홍대 앞 클럽에서 잔뼈가 굵었다고 계서 아줌마가 말해 주었다.

"아 놔, 오늘 합주 못하겠어."

계서 아줌마가 들고 있던 스틱을 바닥으로 내던졌다. 오디션을 앞두고 아줌마는 조금 예민해져 있다. 계서 아줌마는 오디션에 목숨을 걸었다. 파라다이스에서 벗어나 진정 밴드다운 밴드로 거듭나는 길은 오디션 합격뿐이라며 주먹을 꽉 쥐고 울부짖는다.

나는, 좀 귀찮다. 밴드 하는 게 재미있긴 하지만 반드시 클럽 무대에 서고 싶은 건 아니다. 주말에 파라다이스에서 공연하고 일주일에 두 번 연습하는 것도 사실은 슬쩍 부담된다. 학교 수업 받고 학원 몇 개 챙겨 가고 학습지다 뭐다 하면 시간 빼기 쉽지 않은 게 대한민국 중딩의 현실. 게다가 오디션도 매번 떨어지기만 하니, 전교 백 등 떨어진 성적표 받는 것 같은 기분이다.

"아마추어 같네요."

"록 스피릿이 없어요."

"애들 데리고 장난하는 겁니까?"

심사 위원들의 한결같은 반응.

다음 날 우리는 오디션을 치르러 홍대 지하철역에서 모였다. 한 번도 제시간에 나타난 적이 없는 여유미만 빼고 말이다. 지하철역 입구에서 유미를 기다리는데 길 가던 사람들이 우리를 흘끔거린다. 흔한 일이다. 서른 중반의 남자는 기타를 등에 메곤 길거리에 주저앉아 햄버거를 우적대고 있다. 우람한 덩치의 여자는 드럼 스틱으로 그 남자의 머리를 두드리며 우어어 소리를 지른다. 멀쩡해 뵈는 고등학생 남자애는 가로수에 기댄 채 코를 파고 있다. 그리고 그 근처엔 일행임이 분명해 보이는 여자 중학생이 혹시나 일행으로 취급될까 봐 애써 먼 데를 바라보고 있다. 그러니, 나라도 궁금할 것 같다. 저들은 대체 뭐 하는 인간들인가.

"아, 미안. 차가 좀 막혀서."

여유미가 우아한 걸음걸이로 지하철 출구에서 나왔다. 삼십 분이나 늦은 주제에 한껏 차려입었다. 살랑살랑 웨이브를 만든 머리에 짙은 화장. 아, 오늘은 속눈썹까지 붙였다.

"이 씨, 여유미, 왜 자꾸 늦어? 지하철 타고 와서는 차 막혔다는 멍청한 변명을 하는 건 또 뭐냐?"

나는 신경질이 나서 퍼부어 댔다. 당최 단체 생활의 룰이라는 걸 모르는 애다.

"미안, 미안. 속눈썹이 자꾸 짝짝이로 붙는데 어떡하니? 호호."

이런 상황에서 저런 어이없는 핑계를 대곤 내 팔짱을 끼며 애교를 부리는 여유미.

"너, 오늘 같은 날 늦으면 죽여 버린다고 그랬지?"

계서 아줌마가 어느새 달려와 유미에게 헤드락을 걸었다.

"아, 아줌마. 머리 망가져요. 그만, 그만."

"그만? 너 오늘 죽었어. 속눈썹만 남겨 놓고 머리털은 다 뽑아 주마. 으흐흐흐."

여유미, 오늘 제대로 걸렸다.

"아, 아줌마. 잠깐, 속눈썹 떨어진단 말이에요!"

아줌마의 괴력과 유미의 괴성에 놀란 행인들이 흘끔거렸다. 휴대 전화로 촬영을 하는 사람까지 있다. 아, 쪽팔린다. 나와 맹수 아저씨가 아줌마를 겨우 유미에게서 떼어 놓았다. 유미 목이 빨갛게 부어올랐다. 립스틱도 여기저기 번졌다. 손거울을 꺼내 자기 행색을 살핀 유미가 울상을 지었다. 고거, 쌤통이다.

"앞으로 오디션에 누를 끼치는 사람에겐 아끼지 않고 내 팔뚝의 포근함을 선사해 주겠어."

아줌마가 팔을 흔들어 대며 큰소리를 쳤다.

"수고하셨습니다."

클럽 주인의 한마디. 떨어진 거다.

조명도 없고 관객도 없는 텅 빈 무대. 클럽 주인과 관계자 몇 사람 앞에서 연주를 한다. 연주하는 내내 그들은 아무 말도 하지 않는다. 하지만 그 침묵 속엔 말보다 더 많은 메시지가 담겨 있다. 얼마나 잘하나 봅시다, 놀아 보세요, 그것밖에 못 하나요, 지루하군요, 별론데요.

그러곤 한마디. 수고하셨습니다. 끝이다. 순간, 정적. 기타에서 코드를 뽑고 전선 감고 이펙터(effector, 전기 기타와 스피커 사이에서 소리를 변형시키는 장치. 기타의 소리를 찌그러뜨리거나 왕왕 울리게 하는 등 다양한 효과를 낸다.) 챙기는 삼 분의 시간이 정말 길게 느껴진다. 보컬인 나는 챙길 장비도 없어서 벽에 붙은 전단처럼 한쪽 귀퉁이에 가만히 서 있을 뿐. 아무도 나에게 뭐라고 하지 않았는데 괜스레 얼굴이 화끈댄다. 오늘도 우리는 오디션에 떨어졌다.

"어, 영호 씨. 맞지?"

갑자기 계서 아줌마가 눈을 뻔득였다. 그러곤 무대 아래 심사 위원들에게로 성큼성큼 걸어 내려갔다. 쿵쿵, 합판으로 만

들어진 무대가 들썩인다. 영호 씨로 지목받은 사람은 자기 쪽으로 계서 아줌마가 점점 다가오자 흠칫, 거의 본능적으로 어깨를 살짝 뒤로 젖혔다.

"서, 선배……. 잘 지내셨어요?"

약간 겁먹은 말투다. 뭐, 계서 아줌마와 대화하는 사람들 대부분이 이런 반응을 보인다.

"나야 늘 잘 지내지. 근데 영호 씨는 여기에 웬일? 그리고 봤으면 인사를 하지, 그냥 그렇게 앉아만 있기야? 내가 알은 척 안 했으면 그냥 지나치려고 그랬어? 너무하다, 영호 씨. 아무리 그래도 우리가 함께 지낸 게 몇 년인데."

계서 아줌마는 무대 아래로 내려가 영호 씨 어깨에 살포시 손을 얹었다.

"알은척을 안 하긴요. 이따가 인사드리려고 했는데."

"이따 언제?"

아, 오싹하다.

"아, 아뇨. 지금 바로……."

"그래서 여긴 무슨 일로?"

아줌마가 눈을 가늘게 떴다.

"저희 이번에 페스티벌 하잖아요. 거기 무대에 설 참신한 친구들 좀 없을까 해서 나와 본 건데 뭐 딱히……."

"어머, 정말? 우리랑 딱이다."

"네? 아니, 뭐."

"우리 밴드, 참신하기로 유명해. 근데 몇 곡이나 할까? 우리 자작곡 해도 되지? 정말 잘됐다. 영호 씨 오늘 대박 맞았네. 호호호."

"아니요. 선배, 그게 아니고……."

"다른 밴드들은 섭외 끝났고? 록 밴드만 하는 거? 비보이나 디제이는 안 부르고? 필요하면 말만 해. 내가 또 그쪽으로도 꽉 잡고 있잖아. 전화 한 통씩만 쫙 돌리면 일주일 치 섭외 다 끝나. 어떻게, 도움 좀 줘?"

"아니, 아니요. 선배, 괜찮아요."

영호 씨는 목이 타는지 벌컥벌컥 물을 들이켰다.

"그래, 그럼 우리 밴드만? 도움 필요하면 언제든지 연락하고. 부담 갖지 마."

그렇게 하여, 우리는 페스티벌 무대에 서게 되었다.

"계서야, 우리 이제 파라다이스를 벗어나는 거냐? 이게 얼마 만에 서 보는 진짜 무대냐? 크하하. 기분 째진다. 참, 근데 계서야. 이거 무슨 페스티벌이야?"

맹수 아저씨가 눈을 동그랗게 떴다.

"아차, 그걸 안 물어봤네. 호호. 아무렴 어때. 진짜 무댄데. 잠깐, 전화를 해 보자."

아줌마는 영호 씨에게 전화를 걸더니 한바탕 또다시 야단을 떨었다.

"아하하. '레인보우 페스티벌'이래. 성적 소수자를 위한 페스티벌. 그러니까 게이나 레즈비언, 트랜스젠더 같은 사람들 말이야. 다 함께 모여 퍼레이드도 하고 공연도 하는데 시작한 지 한 십 년 됐을걸. 꽤 유명한 페스티벌이야. 반응도 엄청 좋다고. 리액션 죽일 거다, 아마."

게이? 레즈비언? 성적 소수자? 낯선 단어들. 그 말들이 무엇을 의미하는지 자세히는 모르지만 어쨌든 아줌마와 아저씨가 '진짜 무대'라고 힘주어 말하는 걸 들으니, 괜히 가슴이 콩콩 뛰기 시작했다.

3. 제삿날

배가 아파 잠에서 깼다. 누군가 손을 넣어 창자를 마구 꼬집는 것 같다. 생리가 터진 모양이다. 억지로 일어나 부엌으로 나갔다. 아빠가 아침밥을 차리고 있었다.

"아빠, 나 생리해."

"화장대 서랍에 생리대랑 약 있어. 약 먹고 좀 누워. 학교에는 아빠가 전화할게."

보충이니 자율 학습이니 해서 여름방학임에도 학교에 가야 하는 대한민국 중딩의 슬픈 현실에서 오늘 나는 열외다.

그나저나 오늘 아침 메뉴는 뭇국인가. 타다다다닥, 타다다닥. 아빠는 내 얼굴은 본 체 만 체 열심히 무만 썬다. 똑같은 크기와 일정한 두께로 반듯반듯하게 썰린 무 조각을 보고 있으려니 아, 다시 배가 슬슬 아파 온다. 얼른 안방으로 가 화장대 서랍을 뒤져 약과 생리대를 찾았다. 약은 있는데 생리대가 없다. 슬쩍 짜증이 나 서랍을 꽝 하고 닫는데 화장대 위에 있던 액자가 바닥으로 툭 떨어졌다. 손으로 한 번 슥 문지르고 제자리에 놓았다.

육 년 전 놀이동산에서 찍은 가족사진. 물끄러미 바라본다. 사진 속 우리 가족의 모습은 조금 낯설다. 모두 아무 걱정 없는 듯 환하게 웃고 있다. 한 손엔 풍선을 꼭 쥔 채 다른 손으로는 아빠 바짓가랑이를 붙잡고는 헤벌쭉 웃는 나. 오빠는 엉덩이를 쏙 빼고는 손가락으로 브이 자를 그리고 있다. 포동포동 귀여운 게 깨물어 주고 싶다. 하지만 그중에서도 가장 다른 풍경, 엄마……. 사진 속엔 활짝 웃는 엄마가 있다. 고개를 들어 벽에 걸린 달력을 보았다. 7월 20일. 오늘은, 엄마 제삿날이다.

투둑, 투둑. 어, 비 온다. 아침에 내리는 비는 보는 것만으로도 참 좋다. 습기가 차 창이 뿌옇다. 물방울이 창문에 그리는 빗금. 창문을 연다. 기분이 좋아진다. 숨을 훅, 들이마신다. 빗방울이 땅에 스며들 때 나는 첫 냄새. 아, 흙 풀리는 냄새. 창턱에 턱을 괸다. 오래된 연립주택 이층에서 내려다보는 풍경은 멋지지도 않지만 그렇다고 절망할 정도도 아니다. 그저 태어날 때부터 이제껏 늘 같은 풍경. 그래서 조금 지겨울 뿐.

야옹. 고양이 한 마리가 주차된 자동차 밑으로 재빨리 몸을 숨긴다. 느닷없는 비에 놀란 듯, 늙은 고양이답지 않게 호들갑을 떤다. 십 미터 정도 떨어진 이차선 찻길에서 나는 자동차 소리. 차르르르르. 젖은 길 위를 달리는 바퀴 소리가 경쾌하다.

비 오는 날은 지붕 아래에 있는 게 최고. 조금 있으면 보충수업하러 학교 가는 아이들로 정류장은 붐비겠지. 겹겹 우산들에 가려 번호판이 보이지 않는 버스 확인하느라 연방 고개를 갸웃갸웃. 신발은 빗물에 찌걱찌걱 젖어 들고. 젖은 우산이 종아리에 닿을 때의 차갑고 선득한 느낌. 아무리 조심조심 우산을 받쳐도 늘 젖는 한쪽 어깨. 만원 버스에서 중심을 잡기 위해 벌이는 말 없는 신경전. 그렇게 교실에 도착해 내 걸상에 앉았을 때 나는 약간의 신열.

오늘은 집에서 종일 뒹굴 수 있다. 생리통은 싫지만 이런 날엔 고통이 오히려 반갑다. 만화책 잔뜩 쌓아 두고 카랑카랑 얼음 넣어 아이스티 만들어 마셔야지. 시시껄렁한 에프엠 라디오 들으며 그냥저냥 뒹굴어 버릴 테다. 방바닥에 시디 쭉 늘어놓고 이것저것 내키는 음악을 들어도 좋겠지. 무엇보다 묵혔던 똥도 왕창 쌀 테다.

"아빠, 생리대 없어."

부엌으로 나가 물을 꺼내 약을 삼키고 아빠에게 말했다.

"이락, 가서 생리대 좀 사 와."

아빠가 오빠 방을 향해 소리쳤다.

"나도 생리하고 싶어."

방문에 매단 철봉에 턱걸이를 하던 오빠가 배에 힘을 준 채 말했다.

"뭐?"

"란이 생리해서 학교 안 간다며!"

"으이그, 헛소리 작작하고 얼른 안 갔다 와?"

아빠가 오빠 등짝을 손바닥으로 짝 내리쳤다.

"아아아, 알았어요."

빠른 속도로 후다닥 튀어 나가는 오빠. 쿵쿵쿵쿵, 계단을 내려가는 발소리가 크게 울린다. 그러다 다시 후다다닥 성큼성큼 뛰어 올라오는 소리. 현관문이 벌컥 열린다. 오빠가 머리를 긁적이며 배시시 웃는다.

"아, 신발이 짝짝이야. 그리고 비 와."

슬리퍼를 고쳐 신고는 우산을 챙겨 들고 다시 쿵쿵쿵쿵 발소리를 낸다.

우리 오빠, 이락. 이런 민망한 심부름도 순순히 잘하는 열여덟 살. 나보다 두 살 위인 오빠는 사실, 꽤 친절한 편이다. 다른 집 오빠들처럼 윽박지르지도 욕을 하지도 때리지도 않는다. 친구들을 데려와선 라면 끓여 내라고 억지를 부리는 일은 더더욱 하지 않는다. 다만 이종 격투기 연습한다고 목을 조르거나, 발 냄새 맡으라고 양말을 말아 내 코에 대거나, 내 머리 위에 사과를 얹고 발차기의 표적으로 삼을 뿐. 그저 과도하게 활

달하다. 그런 오빠가 나는, 싫지 않다.

질풍노도의 시기도 지나고 신체의 성장도 모두 마친 청소년의 끝물, 고2. 오빠의 꿈은 어릴 때부터 지금까지 줄곧 성룡이나 이연걸 같은 액션 배우가 되는 거다. 지금도 오빤 영화에서 인상 깊게 본 장면은 끝끝내 따라해 봐야 직성이 풀린다. 다치기도 많이 다쳤다. 그래서 무심코 오빠를 떠올리면 팔이든 다리든 머리든 붕대를 감고 있는 모습이 먼저 생각난다. 목발을 짚든 휠체어를 타든 양팔 모두에 깁스를 하든 상관없이 여전히 온 동네를 헤집고 다니긴 했지만. 아빠와 엄마는 그런 오빠를 호기심이 많고 사람을 좋아하는 따듯한 아이라고 했다.

"락이 이 녀석은 나간 지가 언젠데 왜 아직도 안 오는 거야. 오늘도 지각하겠군."

아빠가 밥통 뚜껑을 열자 김이 모락모락 피어오른다. 배가 아프면서도 고픈 이 묘한 느낌은 뭘까.

니아아야옹.

현관 쪽에서 나는 앙칼진 고양이 소리. 오빠가 목과 어깨 사이에 우산을 낀 채 고양이 한 마리를 품에 꼭 안고 서 있었다. 발버둥 치는 고양이 발톱이 손과 목을 다 긁고 있는데도 오빤 꿈쩍도 않는다. 새끼고양이도 아니고 몸통이 오빠 허벅지보다도 굵은 다 큰 고양이.

"오빠, 그거 뭐야?"

"쉬잇."

오빠가 품 안에서 버둥거리는 고양이를 한 손으로 쓰다듬었다. 그때 갑자기 고양이가 오빠 옆구리 사이로 비집고 빠져나와 미친 듯이 뛰어다니기 시작했다. 재빠르다. 그 뒤를 오빠가 쫓았다. 그리고 또 그 뒤를 밥풀 묻은 주걱을 든 아빠가 쫓았다. 거실 소파에서 안방 침대로 그리고 식탁 다리 사이사이로 해서 다시 거실로. 두 남자와 고양이 한 마리가 쫓고 쫓기는 긴박하고도 한심한 풍경. 나는 슬그머니 현관 쪽으로 가 문을 활짝 열어젖혔다. 가르랑가르랑 소리를 내며 이리저리 뛰어다니면서 집 안을 발칵 뒤집어 놓은 고양이가 현관으로 잽싸게 도망 나가는 데 성공하기까지는 약 오 분이 걸렸다.

짝! 아빠가 주걱으로 오빠 등을 세게 내리쳤다.

"아야야야야. 아까 때린 데 또 때리면 어떡해!"

온몸을 부르르 떨며 엄살을 부리는 오빠.

"이놈아, 심부름 시켰더니 웬 고양이를 들고 들어와. 그것도 다 큰 놈의 도둑고양이를."

아빠가 숨을 가쁘게 몰아쉬었다.

"생리대 사 가지고 오는데 자동차 아래에서 이상한 소리가 들리는 거예요. 뭔가 하고 가까이 가서 보니까 고양이가 웅크리고 앉아 저를 쏘아보는 거예요. 근데 완전 비쩍 말라 가지고 털도 숭숭 빠져 있더라고요. 뭐라도 좀 먹여야겠다 싶어서 데리고 온 건데."

여기저기 고양이 발톱에 긁힌 상처가 쓰라린지 오빠는 살짝 미간을 찌푸렸다.

"으, 따가워. 저는 좀 씻을게요."

오빠가 현관에 떨어져 있던 검은 비닐봉지를 나한테 툭 던지고는 욕실로 들어갔다.

"아빠, 근데 있지. 그거 기억나?"

나는 어기적거리며 걸어가 식탁에 앉았다. 아빠도 앞치마를 벗고는 내 앞에 앉아 뭇국을 한술 떴다.

"있지, 나 초등학교 들어가기 전에 있었던 일인데. 오빠랑 나, 쥐 키운 적 있다."

쥐라는 말에 아빠가 눈을 동그랗게 뜨고 나를 바라보았다.

"오빠가 갓 태어난 생쥐 새끼들을 발견한 거야. 눈도 못 뜨고 털도 하나도 없고 완전 새빨간 생쥐 새끼들 말이야. 아빠 그런 거 본 적 있어?"

"그렇게 갓 태어난 것들은 본 적 없는데."

"지금도 생생하게 기억나. 정말 완전 축축하고 새새새새새, 새빨갰거든. 그걸 오빠가 집에 데려온 거야. 어미도 없이 너무 가엽다고. 그러고선 나한테 살짝 보여 줬어. 엄마한텐 말하지 않는 조건으로 만져 보게도 해 줬어."

"그래서 그걸 만졌어?"

"응. 만졌어. 느낌이, 뭐랄까. 젤리 같았어."

"젤리?"

아빠는 마치 자신이 쥐를 만지기라도 한 양 얼굴을 한껏 찌푸렸다.

"그다음은 어떻게 됐어?"

"뭐가?"

"생쥐들."

"처음 본 것만 기억나고 그다음은 나도 잘 모르겠다."

마침 오빠가 수건으로 머리를 툭툭 털며 욕실에서 나왔다.

"오빠, 옛날에 오빠가 오늘처럼 생쥐 주워 온 적 있었잖아."

"생쥐? 잘 모르겠는데. 우아, 아빠 국 진짜 맛있게 끓였네."

"빨간 생쥐 세 마리. 오빠가 운동화 상자에 넣어서 집에 들고 왔잖아. 기억 안 나?"

"아아아, 그거. 응. 기억나, 기억나. 근데 왜?"

입안 가득 밥을 우겨 넣은 채 우물대는 오빠. 성질이 급해 밥 먹을 때마다 늘 이런 식이다.

"그거 그다음에 어떻게 됐어?"

"그대 으어 우이 반 혀주가 해스터……. 켁켁."

"어우, 입에 있는 거 다 먹고 말해라. 누가 안 잡아간다."

아빠가 찬물 한 컵을 내밀었다. 잠시 캑캑거리던 오빠는 진정하고 다시 이야기를 이어 갔다.

"우리 반에 혁주라는 애가 햄스터 키우고 있었거든. 그래서 거기 넣어 줬어. 엄마 없으니깐 햄스터랑 사이좋게 잘 지내라고. 근데 다음 날 혁주가 학교에 와서 그러는 거야. 햄스터들이 쥐 다 죽였다고."

생각났다. 그 이후의 이야기. 그때 오빠는 혁주 오빠랑 크게 한바탕 싸웠다. 코피도 나고 머리도 터지는 꽤 큰 싸움이었다. 누가 이겼는지는 모르겠지만 싸운 그날, 오빠는 시체가 된 쥐를 가져왔다. 오빠는 죽은 쥐 하나하나에 이름을 붙여 준 뒤 화단에 곱게 묻어 주었다. 그 작은 장례식에 나도 참여했다. 나뭇가지를 주워 십자가를 만드는 일은 내가 맡았다. 연약하고 버려진 것들에 쉬이 마음을 주는 건 오빠의 오래된 버릇.

"아빠, 나 오늘 학교 안 가면 안 돼요? 아까 고양이한테 긁힌 데서 피가 안 멈춰."

"오늘 등짝 빠개지고 싶은가 보지?"

아빠가 눈도 안 마주치고 나지막하게 말했다.

"씨, 피 나는 건 똑같은데 왜 차별해요!"

오빠가 가방을 휙 낚아채 현관으로 뛰어가며 소리쳤다.

"이놈이!"

아빠가 신고 있던 슬리퍼를 오빠에게 던졌지만, 날쌘 오빠는 이미 사정거리에서 벗어난 지 오래.

"학교 다녀오겠습니다. 란, 오늘 잘 쉬어! 보일러 때고 허리 지져라."

마지막 순간까지 이러쿵저러쿵 입을 놀리는 오빠. 문이 닫히자 비로소 집 안은 조용해졌다.

"란, 오랜만에 아빠랑 차 한 잔 마실까?"

아빠의 씩 웃는 얼굴. 웃음이 짙을수록 눈과 입가의 주름이

더욱 깊어진다.

"나는 매실차."

식탁에서 내려와 거실 바닥에 배를 깔고 엎드렸다. 주전자 물을 얹고 식탁 위를 치우고 냉장고 문을 여닫고 행주를 빨고 널고 다른 행주를 걷고 개고 쓰레기 정리를 하고 컵을 꺼내 매실차를 타는 아빠. 피피피. 물이 끓어오르는 소리. 포르르르. 아차, 한눈판 사이에 물이 넘치는 주전자. 폭폭 올라오는 수증기.

한가롭게 비 내리는 오전. 엄마가 돌아가신 뒤 아빠는 어떤 인생을 살았을까. 내가 슬펐던 만큼 아빠도 슬펐을까. 아빠도 나처럼, 허전했을까. 매일매일 똑같은 일상을 살며 아빠는 무슨 생각을 할까.

"진하게 한 잔 타 올립니다요. 우리 란이가 좋아하는 음악도 틀어 줄까? 비도 오는데 심수봉 어때?"

"에이, 아빠아아—."

아빠의 웃는 모습은 딸인 내가 봐도 정말 근사하다. 아빠가 신문사 교열부에서 일한 지 올해로 이십 년. 남들보다 하루 먼저 세상 소식을 알게 되는 직업이다. 그래서 남들보다 하루 먼저 기뻐하고 하루 먼저 애달파하고 하루 먼저 체념하는 것이 습관이 되어 버렸는지도 모른다. 오늘은 엄마 제삿날. 어쩌면 아빠는 오늘이 아닌 어제 이미 슬퍼했을지도 모른다. 그러니 지금 이렇게 생긋 웃음을 보일 수 있는 게 아닐까.

"란, 요즘도 그 밴드 도와주고 있어? 이름이 뭐라고 했더라.

혼수상태랬나 뭐랬나."

기어이 심수봉을 트는 아빠.

"영양실조."

"맞다. 영양실조!"

"응. 근데 지금은 도와주는 게 아니라 정식 멤버야. 원래 있던 보컬 언니 잘렸어. 국정 감산가 뭔가 때문에 회사가 바쁘대. 근데 국정 감사가 뭐야?"

"그래? 언제까지 할 건데? 방학 때만 할 거니?"

아빠가 차 향기를 맡으며 숨을 크게 들이쉬었다.

"참, 그리고 국정 감사는 나라 살림이 잘 꾸려지고 있는지, 국민 세금으로 운영되는 공공 기관에서 살림살이를 제대로 하고 있는지 국회의원들이 따져 보는 일을 말해. 그 보컬 언니 공기업 다니나 보다."

"그렇구나. 어려운 단어네."

"밴드, 방학 때만 할 거지?"

"잘 모르겠어. 방학 끝나도 계속 할 것 같기도 하고. 아직 아무 생각 없는데. 근데 아빠, 노래할 때 있잖아, 몰랐는데, 좀 좋은 것 같긴 해. 왠진 모르겠는데 음, 좀 좋은 것 같아. 근데 밴드는 잘 모르겠어. 아빠 알지? 나 협동 작업 원래 잘 못하는 거. 멤버들이 재미있긴 한데 어울려서 뭘 한다는 게 약간 부담스럽긴 해. 참 아빠, 우리 밴드 다음 주에 큰 무대에서 공연한다. 페스티벌에 초청됐어. 아빠도 보러 오면 좋을 텐데. 밤 아홉 시에는 일해야 되지?"

"그치. 일할 시간이지. 근데 란, 아빠 생각에는 밴드는 방학 때까지만 하는 게 좋을 것 같은데. 음악이 좋으면 대학 가서 취미로 하면 되잖아. 음악 전공할 거 아니면 우선은 공부에 좀 더 매진해야 되지 않을까 싶은데."

"으이그, 아빠는 만날 공부 타령이야."

"란아, 우리 공부 열심히 해서 남 주자."

"알았어, 알았어. 안 그래도 자꾸만 떨어지는 오디션 보는 것도 귀찮고 기분 나빠서 나도 뭐 오래 할 생각은 없는데, 맹수 아저씨 카페에서 주말마다 하는 공연은 또 재밌고 그래. 그런데 아빠, 레인보우 페스티벌이라고 알아?"

"글쎄, 기상청에서 하는 건가?"

"나도 처음 들어 봤는데 성적 소수자들을 위한 페스티벌이라고 하더라고. 동성애자들이 퍼레이드도 하고 영화도 상영하고 뭐 그런다는데, 다 좋은데 그게 좀 걸려. 무서운 사람들이면 어떡하지? 노래하고 있는데 무대로 막 올라와서 몸을 만지거나 키스하면 어떡해? 우웩, 더러워."

"란, 그렇게 무작정 편견을 가지면 어떡하니?"

"그냥 싫은 걸 어떡해."

"너 그런 식으로 사람 차별하면 안 된다."

"차별은 무슨 차별. 그냥 싫다고."

"그게 차별이야. 이유 없이 싫어하는 거, 그거 어쩌면 폭력

일지도 몰라."

"알았어. 알았어."

"그나저나 아빠 말 그냥 흘려듣지 말고."

"응. 그래, 그래."

건성으로 대답하고는 다시 거실 바닥에 훌러덩 누웠다. 엄마가 없는 아빠는 어떤 생각을 하고 살까. 엄마 없이 자라 기죽는다고 큰소리 한 번 내지 않는 아빠. 나랑 오빠 불쌍해져서 안 된다며 고모들의 재혼 권유에도 눈 한 번 꿈쩍 않는 아빠. 그 어떤 집 아빠보다도 자상한 아빠. 아빠 인생의 낙은 뭘까.

'미워하는 미워하는 미워하는 마음 없이, 아낌없이 아낌없이 사랑을 주기만 할 때, 수백만 송이 백만 송이 백만 송이 꽃은 피고……'

수봉 아줌마의 노랫소리와 쏴쏴 내리는 빗소리. 에잇, 모르겠다. 아빠 인생은 아빠가 알아서 하겠지. 아, 참 좋다. 뒹굴거리는 게 내 인생의 낙이로구나. 약 기운이 퍼지는지 아빠표 뭇국이 속을 따뜻하게 만들어 그런지 쿡쿡 아프던 배도 한결 나아졌다.

'가도 아주 가지는 않노라시던, 그런 약속이 있었겠지요. 날마다 개여울에 나와 앉아서, 하염없이 무엇을 생각합니다……'

노릇노릇 구워지는 핫케이크처럼 거실 바닥에 누웠다 엎드렸다 하고 있으려니 어느덧 노랫소리가 데크레셴도로 점점 멀어지면서 어렴풋이 잠이 밀려왔다.

밤 열한 시가 되어서야 퇴근한 아빠와 하교한 오빠, 그리고 빈둥거리던 내가 한자리에 모일 수 있었다. 다 같이 차린 제사상에 다 같이 절을 하고는 다 같이 식사를 했다.

나는 결석 대신 담임이 내 준 엄청난 양의 숙제 걱정에 얼른 식사를 마치고 내 방으로 들어가고만 싶다. 하지만 아빠는 느릿느릿 수저를 놀리며 밥맛을 음미하고 있고, 오빠는 숟가락을 왼손에 든 채 낑낑대느라 밥 먹는 속도가 점점 더뎌지고 있다. 고양이 권법 익히겠다고 학교에서 설치다 계단에서 떨어져 오른쪽 팔목 인대가 늘어나 깁스를 했기 때문이다. 보다 못한 내가 오빠 숟가락 위에 시금치 반찬을 얹어 주었다. 남의 속도 모르는 오빠가 나를 보고 씩 미소 지었다.

"근데……."

오빠가 입을 열었다. 그리고 이어진 고백.

"저, 게이인 것 같아요."

4. 첫 공연

똥을 싸야 돼. 벌써 다섯 번째 화장실 방문이건만, 나오지 않는다. 변기가 낯설어서일까. 천만에. 나는 변기를 가리지 않는다. 집이든 이웃집이든 학교든 도서관이든 가리지 않고 잘 누어 왔다. 그런데 이번엔 아무리 애를 쓰고 싸 보려 해도 꿈쩍도 않는다. 아침에 집에서 누고 오긴 했다. 그러나 노래 부르다 고음에서 배에 힘 딱 줬는데 뿅 하고 똥 한 덩어리가 튀어나올 것 같은 불길한 예감이 계속해서 내 머릿속을 지배하고 있다. 똑똑, 밖에서 문 두드리는 소리. 나는 팬티를 올리고 나왔다.

화장실 거울 앞에선 여유미가 화장을 고치느라 여념이 없다. 벌써 한 시간째 저러고 있다. 입술에 빨강을 발랐다가 분홍을 발랐다가, 속눈썹을 붙였다가 뗐다가, 머리를 꼬았다가 폈

다가 아주 난리다. 이젠 화장실에서 마주쳐도 더 이상 '성공?', '잘돼 가?' 혹은 '아직 멀었어?' 따위의 인사조차 건네지 않는다.

나는 무대 뒤 대기실로 돌아가 아무렇지도 않은 척 빈 의자에 얌전히 앉았다. 이왕 이렇게 된 거 최대한 창자를 자극하지 말아야 한다.

"어, 란. 어디 갔다 왔어?"

맹수 아저씨가 의자를 바짝 당겨 앉으며 물었다.

"아니 그냥 뭐. 근데 계서 아줌마는요?"

"소주 한 병 나랑 나눠 마시고는 체조한다고 밖에 나갔어."

그러고 보니 맹수 아저씨한테서 술 냄새가 폴폴 난다. 빤히 바라보니 뭔가 부끄러운지 약간 얼굴을 붉힌다.

"변명하는 건 아닌데, 첫 공연 때부터 길을 잘못 들여 놔서 말이야. 우리는 술 한 잔씩 하지 않으면 공연을 못 해. 저기 복태 봐. 미친 듯이 스케일(scale, 적절히 어울리는 음끼리 묶고 배열한 음계를 말한다. 스케일의 종류는 굉장히 많으며, 우리가 익히 알고 있는 '도레미파솔라시' 또한 스케일 중 하나이다.) 연습하고 있지. 복태 걔는 연습 땐 멀쩡하다가 공연 때는 꼭 지 솔로에서 삑사리를 내요. 공연 전엔 저마다 의식을 치르지. 란이 너도 경험이 쌓이면 그런 게 생길 거야."

희미하게 들려오는 함성. 공연은 이미 시작되었다.

"오늘 관객이랑 제대로 싱크되는데."

"리액션 죽입니다. 기대하세요."

먼저 공연한 '상처엔 대일 밴드'가 서너 곡 연주하고 내려오며 보이는 반응.

"영양실조. 영양실조 준비하세요. 이 곡 다음에 바로 나갑니다."

행사 진행자가 우리 차례를 알렸다. 체조를 끝낸 계서 아줌마도, 화장을 마친 여유미도 자리로 돌아왔다. 우리는 각자의 손을 한곳에 모은 다음 서로의 눈빛을 교환했다.

"자, 올라가세요. 지금!"

무대 위. 사위가 어둡다. 나를 바라보는 눈길이 느껴진다. 시간을 다시 돌리고 싶다. 무섭고 떨려서 못 하겠다고 누구라도 붙잡고 늘어지고 싶다. 쿵쿵쿵쿵, 빨라진 심장 소리. 다른 사람들에게 내 심장 소리가 들리면 어쩌지. 아, 싫은데.

딱, 딱, 딱, 딱.

드럼 스틱 마주치는 소리. 익숙한 파장. 모두에게 알리는 신호. 드디어, 시작이다.

쿵쿵 따기 쿵쿵딱쿵, 드럼이 앞선다. 둥두두두 둥두두당, 베이스가 리듬을 보태면 휘이이잉 휘이잉잉, 키보드가 화음을 얹고 좌아아앙 좌아지잉, 기타가 달려든다.

함성과 함성과 함성과 함성. 귀가 멍하다. 파앙! 조명이 터진다. 눈앞이 하얘진다. 그러다가, 깜깜하다. 안 보인다. 안 들린다. 둥둥둥둥, 둥둥둥둥. 낯선 맥박들이 뛰는 소리만, 들린다. 그리고 다시 꽝꽝! 머릿속에서 무언가 파바박 터지는 소리. 뚜두둑 끊어지는 느낌. 베이스의 낮게 깔리는 리듬만 가슴 속으로 파고든다. 귀가 사라진다. 심장이 귀 모양으로 바뀐다. 심장이 소리를 듣는다. 쿵쾅쿵쾅, 터질 것만 같다. 가슴이, 심장이, 귀가 폭발할 것 같다.

이상하다. 파라다이스에서 공연할 때는 몰랐던 기분. 온몸의 세포가 하나하나 꿈틀댄다. 내가 숨을 쉬고 있다는 것을 처음으로 느낀다. 하나, 둘, 셋, 넷……. 순간, 내가 이 세상에 존재한다는 게 갑자기 두렵다. 아득하고 막막하다. 어디론가 도망가 버리고만 싶다. 숨고 싶다.

나는, 노래를, 부른다.

하던 일 멈추고 귀를 기울여요.
들리지 않나요, 바다의 속삭임.
몸을 낮추고 마음을 열어요.
들리지 않나요, 지구의 숨결.

나는 물고기가 된다. 따뜻하고 촉촉한 바다 속을 자유롭게 헤엄친다. 바닷물 위에 햇빛이 내리비치고, 그 빛이 물을 통과하면 내 비늘은 반짝인다. 흐늘거리는 미역 숲이 내 몸에 부드럽게 닿는다. 조그만 물고기들은 내 지느러미를 간질이고, 어디론가 멀리 가도 두렵지 않다. 바다 깊은 곳에서 들려오는 둥둥거리는 소리. 심장이 뛰는 소리. 지구가 숨 쉬는 소리.

나는, 여기에, 있다.

둥둥둥둥, 둥둥둥둥, 둥둥둥둥. 고개를 돌려 뒤를 돌아본다. 미친 듯이 두드리고 때려 대는 드럼. 계서 아줌마가 빙그르르 스틱을 돌리고는 씩 웃는다. 이어지는 한마디.

"좋냐?"

나는 고개를 끄덕인다. 이제야 정신이 든다. 조명 속 멤버들도, 조명 밖 관중들도 눈에 들어온다. 내가 지금 어디에서 무엇을 하고 있는지도, 이제는 알 것 같다. 나는 진짜 무대 위에 서 있다.

밝은 조명 아래 휘날리는 무지개 깃발. 그 아래에서 열광하는 관중들. 내 또래부터 언니 오빠, 아줌마 아저씨 들까지 모두 나를 보고 있다. 머리를 흔들어 대고 손을 높이 쳐들고 제자리에서 뛰어 대는 사람들. 땀으로 범벅이 된 얼굴과 흠뻑 젖은 몸을 서로에게 의지한 채 그저 지금 이 순간을 즐기고 있다.

멤버들은 침착하다. 계서 아줌마가 중심을 딱 잡고 버티고 있으니 맹수 아저씨 기타도 안정적으로 리프(riff, 곡의 도입부나 후렴 등에 쓰이는 일정한 패턴을 가진 멜로디 라인)를 이어 간다. 복태 오빠의 베이스는 드럼과 하나가 된 리듬 라인으로 곡 전체를 풍부하게 해 주고, 유미의 키보드는 멜로디를 선명하게 이끌어 가고 있다. 모두 떨고 있다. 이젠 긴장이 아니다. 숨이 끝까지 차올라야 경험할 수 있는 바로 그 떨림이다.

"란, 오늘 첫 공연에서 너는 마법 같은 일을 경험할 거야."

무대에 오르기 전 계서 아줌마가 눈을 맞추며 말했다.

"파라다이스에서의 우리 공연은 진짜라고 할 수는 없어. 공연은 보여 주는 게 아니라 함께 호흡하는 거거든. 술 마시러 왔다가 흘러가는 배경 음악쯤으로 여기는 사람들과 어떻게 함께 숨 쉴 수 있겠니. 하지만 니가 있는 지금 이곳은 달라. 열광할 준비가 되어 있는 사람들이 우릴, 너를 기다리다 이미 미쳐 버렸거든."

아줌마가 나를 꼭 껴안아 주었다. 진하게 나는 살 냄새. 폭신한 감촉. 긴장으로 덜덜덜 떨리던 몸이 서서히 가라앉았다.

"들어 봐. 느껴 봐. 저들이 너에게 주는 에너지를. 너에게 보내는 메시지를. 너를 향한 사랑을. 그러니, 즐겨."

아줌마 말대로 나는 지금 마법을 경험하고 있다.

"이때 무대에서의 느낌. 그 느낌을 잊지 마. 첫 공연의 짜릿한 맛은 일생에 단 한 번뿐이라고."

태어나 처음 느끼는 이 충만함. 꽉 찬 느낌. 아줌마가 말한 느낌이 바로 이런 것일까.

다시 이어지는 노래. 나는 또다시 빠른 속도로 현실에서 벗어난다. 저 머나먼 우주로 튕겨져 나가는 느낌. 무중력의 쾌감. 나는 자유로운 새다. 경계선 없는 하늘을 나는 기분. 시작도 없고 끝도 없는 넓디넓은 곳을 나는 느낌. 걸려 넘어질 전깃줄도 없고 사냥꾼의 위협도 없는 높은 하늘을 가르는 기분. 구름 속을 지날 때 나는 향긋한 냄새, 촉촉한 감촉. 노래를 하는 동안 나는 하늘을 나는 새가 된다. 겨드랑이 밑에서 날개가 솟아 힘차게 하늘 위로 올라간다. 날갯짓을 할 때마다 몸이 조금씩 뜨거워진다. 뺨은 빨개지고 발가락 끝까지 피가 돈다. 온몸이 녹아 사라지는 것만 같다. 지구를 탈출했다. 순도 백 퍼센트의 검은 우주를 유영한다. 이대로, 죽어도 좋겠다.

우리는 세 곡을 선보이고 무대에서 내려왔다. 온몸이 다시 떨려 왔다. 한여름인데 경련이 일었다. 팔 뒤엔 오도도 소름이 잔뜩 돋아났다.

"너 지금 떨고 있는 거 말이야."

복태 오빠가 내 어깨에 손을 얹고는 지그시 바라보았다.

"무대 위에서의 그 짜릿한 순간을 머리부터 발끝까지, 피부부터 내장까지 모든 세포가 기록하고 있는 거야. 그러니 잘 기억해 둬."

평소의 사무적인 태도와는 너무도 다른 다정함. 보통 때였다면 콧구멍 파던 손이니 당장 어깨에서 내리라고 했겠지만, 지금은 왠지 마음이 고요해진다. 엄마 무릎을 베고 사르르 잠들던 때 같은 편안함. 나는 복태 오빠를 잘 모르지만 지금 이 순간만큼은 서로 말하지 않아도 모든 걸 이해할 것만 같다. 그건 복태 오빠뿐 아니라 계서 아줌마나 맹수 아저씨 그리고 여유미에 대해서도 마찬가지였다.

기타, 베이스, 드럼과 키보드라는 서로 다른 소리 퍼즐이 조화를 이뤄 하나의 음악이라는 그림으로 완성되는 느낌, 정말 짜릿하다.

서로를 의지하지 않으면, 믿지 않으면 그리고 다른 멤버가 나를 믿어 주지 않으면 연주는 완성될 수 없다. 거기에 열렬한 반응을 보이는 관중들까지. 아, 머리가 핑그르르 돈다. 그러고 보니 아, 배가 슬슬 아프던 것도 멈췄다.

무대 뒤는 요란하고 복잡하다. '일요일엔 짜파게티', '망한 내 펀드', '합리적 임플란트', '오후 3시 베이커리', '민지 아빠', '천하무적'이 한데 뒤엉켜 난장판이다.

"이란, 근데 너 첫 공연인데 가족 아무도 안 왔냐?"

평소 모습으로 다시 돌아온 복태 오빠가 물었다.

"응? 으응."

나는 말끝을 흐렸다. 도대체 누가 올 수 있을까. 이 상황에 말이다. 게이라고 고백해 버린 오빠? 아니면 잔뜩 화가 난 아빠? 그것도 아니면 이미 오래전에 돌아가신 엄마가? 아, 잠시 잊고 있던 문제가 생각나면서 머리가 지끈거렸다. 엄마가 안 계시긴 하지만 우리 집은 그동안 아무 문제없이 잘 돌아갔다. 그런데 왜, 왜, 왜 갑자기 이런 복잡한 문제에 휘말린 걸까. 이건 다 오빠 탓이다. 왜 게이 같은 게 되어 가지고!

"복태야!"

"여~ 지민, 여긴 웬일이야?"

키가 크고 마른 고딩 한 명이 우리 쪽으로 다가왔다.

"친구랑 페스티벌 왔다가 너 공연하는 거 보고선 잠깐 들렀지."

"지난번 걔?"

"응. 걔."

"아, 참. 우리 밴드 보컬 이란. 얘는 내 친구 정지민."

복태 오빠가 버름히 비켜서 있던 내 팔을 잡아끌어 와서는 인사를 시켰다.

"꼬맹이! 너 노래 진짜 잘하더라."

꼬맹이는 무슨! 지가 나를 언제 봤다고!

"오늘부터 나, 너 팬 한다. 나중에 티셔츠 가져오면 사인해 줘야 돼."

윗니 여덟 개가 가지런하다. 미소의 정석. 어라, 눈웃음까지. 그러고 보니 삐져나온 코털 한 가닥 없이 오뚝한 코에 가느다랗고 속눈썹이 긴 눈, 무라도 베어 낼 것 같은 턱 선, 남자 고등학생에게서는 찾아볼 수 없는 희고 맑은 피부에 좋은 향기까지. 정지민, 꽤 잘생겼다.

"복태야, 먼저 가 볼게. 친구가 밖에서 기다려. 얼굴만 보려고 온 거야. 학교에서 보자. 그리고 꼬맹이! 너 오늘 진짜 멋졌어."

정지민이 나를 향해 엄지를 치켜세우곤 사라졌다.
“잘생겼지?”
복태 오빠가 멀어지는 정지민을 좇는 내 눈앞에 대고 손바닥을 흔들었다.
“응? 으응.”
“관심 끊어라.”
“내가 뭐, 뭐, 뭐, 뭐 하기라도 한데?”
정지민이 잘생겼다고 생각한 속마음을 들킨 것 같아 도리어 성을 냈다.
“그럼 다행이고. 쟤 게이거든.”
게이? 요즘 이 단어가 왜 자꾸 내 인생에 끼어드는 거지?
“왜 갑자기 얼굴이 굳어져? 너 진짜 쟤 마음에 둔 거 아니야?”
복태 오빠, 나를 골려 먹으려고 작정했다.
“꿈 깨라. 지민이 쟤, 우리 학교에서 유명해. 고1 때부터 자기가 게이라고 당당하게 밝히고 다니는 녀석이라고. 그때는 애들한테 맞기도 많이 맞고 왕따도 당하고 그랬는데. 저 녀석, 그런 거에 꿈쩍도 안 해. 도리어 학교 애들이 쟤한테 다 져서 지금은 그냥 그러려니 하고 더 이상 건들지도 않아. 나야 뭐 누가 게이든 강아지든 남 일엔 관심 없지만. 게다가 지민이랑은 어릴 때부터 불알친구.”
불알친구! 불알친구란 서로 불알을 본 사이를 말한다. 불알은 남자 고추 밑에 달린 자두 모양의 그것이다. 그럼, 불알을 봤으면 고추도 봤단 말이다. 즉 두 사람은 서로 성기를 보고 보여 준 사이란 말이다. 정지민은 복태 오빠의 불알을 보고 어떤 생각을 했을까. 만지고 싶다는 생각을 했을까? 넣고 싶다는 생각? 아니, 어디다 넣어?

"더러워. 더러워. 남자끼리 뭐 하는 짓이야, 정말. 왜들 그래?"

갑자기 오빠 생각이 났다. 게이라고 멋대로 고백해 버린 오빠. 오빠도 다른 남자들이랑 성기를 보여 주는 사이란 말인가. 거기까지 생각이 미치자 견딜 수 없어졌다. 나는 그대로 달려 나갔다. 등 뒤에서 내 이름을 부르는 목소리가 들렸지만, 그냥 무시해 버렸다. 복태 오빠까지 싸잡아서 더럽게 보였다. 공연장을 가득 메운 인파를 뚫고 지나가는데 몸이 닿을 때마다 오싹해졌다. 동성애자들로 꽉 차 열기 가득한 공연장이 뜨거운 기름이 들끓고 마귀들이 폴싹폴싹대는 지옥 같았다. 더러운 것들.

밤 열 시. 집. 아무도 없다. 베란다엔 아빠가 낮에 널어놓은 빨래가 보인다. 손으로 만져 보니 톡톡 잘 말라 있다. 탁탁 걷어서 거실에 던졌다. 개어 놓을까 하다 빨래 더미 위에 그대로 누워 버렸다. 식기 건조대엔 설거지 끝난 컵 세 개가 나란히 엎어져 있다. 욕실장엔 수건이 반듯반듯하게 개켜져 쌓여 있겠지. 밥통엔 새로 지은 밥이 있고 냉동실엔 한 사람 먹을 찌개가 밀폐 용기에 담겨 꽝꽝 얼고 있을 게다.

매일 아침 천 밀리리터짜리 우유 한 통과 신문 두 가지가 배달된다. 아침에 우리가 학교에 가고 나면 아빠가 집 안 정돈을 하고 정오가 지나 출근한다. 내가 좀 일찍 들어온 날엔 저녁밥을 지어 오빠와 함께 먹는다. 밤늦게 아빠가 오면 함께 과일을 깎아 먹거나 만두를 튀겨 먹으며 텔레비전을 본다. 아빠의 "공부도 좀 해야지." 하는 소리에 각자 방으로 해산.

평범한 우리 집의 풍경. 일주일 전 오빠의 이상한 고백 후에도 우리 집 평범한 풍경은 달라진 것이 없다. 아무도 그 일을 입에 올리지 않는다. 마치 아무 일도 없었다는 듯 똑같은 하루하루를 보내고 있다. 째깍째깍. 언제 터질지 모르는 시한폭탄 같다. 나는, 불안하다.

내 방으로 들어와 헤드폰을 끼고 '레이지 어게인스트 더 머신'을 틀었다. '킬링 인 더 네임'이 나올 때 현관문 열리는 소리가 났다. 나는 조용히 숨을 죽이고 볼륨을 높였다.

5. 시한폭탄

와그작와그작.

"나 곡 하나 또 썼어."

츄릅츄릅.

"들려주고 싶으세요?"

와삭와삭.

"그러고 싶은데."

후르릅.

"그러세요."

"기다려 봐."

일요일 오전, 나는 파라다이스에서 와작와작 하드를 깨물어 먹고 있다. 8월로 접어들자 더위가 본격적으로 기승을 부린다.

집에 가만히 앉아 있자니 등줄기를 타고 조르르 땀이 흘러내렸다. 게다가 집에는 아빠와 오빠가 안 그래도 높은 집 안 온도를 활활 달구고 있다. 불쾌지수, 최고다.

"이번 곡은 2절까지 있으니까 중간에 끊으면 안 돼."

"겁나세요?"

"조금."

"안 끊을게요."

"응. 제목은 '어디로 갔나'야."

집중하지 않으려고 딴 생각을 시작했다. 몸에 힘을 빼고 한 귀로 들어오는 걸 다시 한 귀로 자연스럽게 흘려야 한다. 그러지 않으면 심한 짜증이 밀려온다. 아저씨는 어쿠스틱 기타를 가져와 잠시 튜닝을 하더니 곧바로 노래를 시작했다. 나는 어젯밤에 먹다 남긴 치킨을 생각했다. 바삭바삭한 껍질과 오동통하고 매끈매끈한 살점. 양념이 아까워 손가락을 쭉쭉 빨 때 혀의 감촉. 그리고 치킨의 하이라이트, 닭 날개를 쏙쏙 발라 먹는 쾌감.

어디로 갔나 퐁퐁퐁
핸드 퐁퐁퐁
방귀 퐁퐁퐁

어디로 갔나 콩콩콩

리모 콩콩콩

부라보 콩콩콩

"어때?"

기대를 잔뜩 담은 눈망울로 아저씨가 물었다.

"앞으로도 곡 계속 쓰실 거예요?"

나도 모르게 언성이 약간 높아졌다.

"응. 왜?"

"안 쓰시면 안 돼요?"

아저씨는 한참 동안 나를 빤히 보더니 이내 푹 고개를 숙였다. 그제야 내 말뜻을 이해한 것이다. 나는 합주 시간인 오후 세 시까지 파라다이스에서 있으려던 계획을 바꿔 밖으로 나왔다. 아저씨에게 사과를 할까 싶기도 했지만 그냥 모든 게 다 귀찮아졌다.

밖은 뜨겁다. 땅에서 올라오는 열기, 햇볕을 흠뻑 머금어 달궈진 자동차, 지나치는 사람들의 몸에서 뿜어져 나오는 체온. 후끈하다.

지금 집에 들어가고 싶지는 않다. 째깍째깍, 째깍째깍. 집 안은 지독하게 고요해 벽시계 초침 돌아가는 소리만 유독 크게 울린다. 적막에 휩싸여 질식해 버릴 것 같다. 시한폭탄. 지금 우리 집엔 언제 터질지 모르는 시한폭탄이 있다. 차라리 어서 터져 버렸으면 좋겠다. 어금니 사이에 시금치가 낀 채 그대로 있는 이물감, 신발 안에 작은 돌멩이 하나가 들어가 자그락거리는 느낌.

멍하니 대로에 서 있었더니 머리가 띵하다. 지글지글, 계란프라이처럼 뇌가 익는다. 거뭇거뭇, 종아리는 빵처럼 구워진다. 젠장, 이러다 타겠다. 손 그늘을 만들어 이마에 대곤 서둘러 집으로 돌아갔다. 아무리 싫어도, 후텁지근한 일요일 오전에 내가 갈 곳은, 집밖에 없는 것이다.

폭탄은 아직 터지지 않고 있다. 아빠와 오빠가 마주 보고 앉아 점심을 먹고 있다. 킁킁. 이게 무슨 냄새지. 으흐흐, 보지 않아도 메뉴를 맞힐 수 있다. 흠, 향긋한 냄새. 카레다! 답답했던 나의 마음은 온데간데없다. 후다닥 신발을 벗어던지고 주방으로 달려갔다. 아주 큰 대접을 꺼내어 김 모락모락 나는 밥을 숭숭 퍼 담은 다음, 노란 카레를 듬뿍 올렸다. 아, 아, 아, 카레가 밥을 덮을 때의 이 찌릿한 느낌. 서둘러 수저를 챙겨 식탁 앞에 앉았다. 자르르 윤기가 흐르는 카레를 뜨거운 밥에 살살 비벼서 크게 한 입, 꾸울꺽. 오물오물. 혀를 지그시 누르는 매콤함, 잠시 뒤 코로 넘어가는 매캐함. 크하하하. 최고다, 최고!

그때였다.

쾅!

터졌다,

폭탄.

"아빠, 저한테 할 말 없으세요?"

터뜨린 사람은 오빠였다.

"궁금한 것도 없어요?"

아빠가 집으려던 계란말이를 낚아채며 오빠가 물었다.

"저 게이라니까요!"

확인 사살. 아빠가 잠깐 움찔했다. 그러나 이내 평정심을 되찾았다.

"밥이나 먹어. 너는 가끔 그렇게 싱거운 소리를 하더라. 옜다, 여기 소금 간 좀 더 하든지."

아빠가 소금 병을 건네며 빙긋 웃었다. 저, 표정. 주위를 환하고 따뜻하게 만들어 버리는 아빠만의 전매특허.

엄마가 돌아가시고 반년쯤 지났을 때였다. 그때 나는 초등학교 3학년이었는데 못된 아이들 장난에 옷을 다 빼앗긴 적이 있다. 속옷만 입고 그 위에 책가방을 메고는 집까지 걸어왔었지.

"아니, 란아. 이게 무슨 일이야?"

"아빠, 아빠. 애들이……."

"응. 그래. 천천히 이야기해 봐."

"애들이, 애들이 내가 엄마 없다고 빨래 못하니까 자기네 엄마한테……."

"그래그래. 괜찮아, 괜찮아."

"자기네 엄마한테 빨아 달라고 한다고 가져갔어. 아아앙."

"란아, 괜찮아. 괜찮아. 아빠가 있으니까 괜찮아."

아빠는 나를 꼭 안아 주며 빙긋이 미소 지었다. 그때 나는 마음이 사르르 녹으면서 세상 사람들이 다 나를 괴롭혀도 아빠만 곁에 있으면 모든 게 해결될 거라고 생각했다. 아빠는 우리들의 안전한 울타리였다.

"에이, 아빠! 정말 고민 많이 하고 고백한 건데, 이렇게 계속 무시만 할 거예요?"

오빠가 소금 병을 받아 식탁 한쪽으로 치우며 씩 웃었다.

"나한테는 정말 큰일인데."

그러곤 깍두기 큰 거 하나를 우적우적 씹어 대는 오빠.

"중3 때부터 고민했거든요. 오늘 말할까, 아니 내일 하자. 아니, 하지 말자. 아니, 하자. 그렇게 삼 년이나 흘렀다고요."

"너는 비싼 밥 먹고 그런 쓸데없는 소리를 하고 싶냐?"

아빠가 밥풀 묻은 숟가락으로 오빠 머리를 톡 쳤다.

"어휴, 답답해. 나 지금 커밍아웃하고 있는 거라고요!"

오빠가 프로레슬링 선수처럼 자기 가슴을 주먹으로 치는 시늉을 했다.

"난 아빠한테 맞을 준비까지 다 했는데. 더러운 호모 자식이라고 욕 안 해요? 진짜 김빠진다."

그러고는 장난스런 표정으로 휘파람을 휘 분다.

"락아, 너 그거 아니야. 내가 장담해. 그러니까 앞으로 다시는 그 얘기 꺼내지 마. 참, 우리 집 압력 밥솥 정말 김새더라.

자꾸 김빠진다, 김빠진다 하지 말고 솥이나 고쳐 놔."

능숙한 폭탄 처리반이 되어, 피가 철철 흐르고 살점이 펄떡펄떡 튀는 잔해를 신중하게 수습하는 아빠의 모습. 아빠는 웃는 얼굴로 상대조차 안 함으로써 오빠를 잔인하게 튕겨 내고 있다.

아빠는 식탁을 정리하고 설거지를 한 뒤 행주를 빨아 넌 다음 음식물 쓰레기 분리수거까지 마쳤다. 그러곤 아빠만의 정해진 규칙에 따라 옷을 입고, 구두를 신고, 차 키를 챙기곤 잘 다녀오겠다는 인사말 또한 잊지 않고 현관을 나섰다. 뚜국 뚜국 뚜국 뚜국. 계단을 내려가는 정확한 발소리에 나는 왠지, 진저리가 났다.

오빠는 한참을 식탁 앞에 앉아 있었다. 그러다 피식 웃곤 고개를 들었다.

"란."

오빠가 불렀지만 나는 뭐라고 대답을 해야 할지 몰라 잠자코 있었다.

"너도 내가 싫지?"

불편하다, 이런 질문. 폭탄 파편은 내게도 튀고 있다.

"내가 오빠를 왜 싫어해."

그만, 더 이상 내게 이런 이야기는 하지 않았으면 좋겠다.

"근데 너 왜 그동안 오빠한테 인사도 제대로 안 했냐? 엄마 제삿날 이후로 나랑 눈길 한 번 안 마주치잖아."

아닌 척, 그러나 서운함을 꾹꾹 눌러 담은 목소리. 아니라고, 그런 적 없다고 대답하고 싶지만 오빠 말은 사실이다. 나는 오빠와 말하고 싶지 않다. 십오 년 동안 알고 지낸 우리 오빠가 아니라 처음 보는 낯선 사람 같아서 가까이 가기 싫다. 오빠가 게이니 뭐니 말하는 것도 싫고 오빠 얼굴 보는 것만으로도 괜히 울렁거린다. 며칠 전엔 다 벗은 남자 둘이 엉켜 뒹굴다 찰흙 덩어리처럼 뭉쳐져 나를 짓뭉개는 꿈을 꾼 적도 있다. 나는 입을 다물었다.

그때 내 휴대 전화 벨소리가 울렸다. 계서 아줌마였다. 나는 오빠 눈치를 보며 조심스레 받았다.

"어, 란. 왜 안 와?"

시계를 보니 오후 세 시 이십 분. 이런, 세 시부터 합주인 걸 까맣게 잊고 있었다.

"죄송해요. 오늘 연습 못 나갈 것 같아요."

"왜?"

"그냥요."

"에이, 안 돼."

"오늘만 봐주세요."

"에이 씨, 오늘 중대 발표하려고 했단 말이야."

"발표요?"

"할 수 없다. 너한테는 전화로 먼저 말해 줘야겠네. 란아, 잘 들어. 호호호호호."

아줌마는 이야기를 시작하기도 전에 웃어 젖히기부터 했다. 웃음소리가 전화기 밖으로 새어 나와 오빠한테 들릴까 봐 신경이 쓰였다.

"란, 우리, 영화 출연 제의받았다. 크하하하하."

"네? 영화요?"

"레인보우 페스티벌에서 공연할 때 어떤 단편 영화 감독이 우리 연주에 완전 감동받았다는 거 아니냐. 음악 하는 사람들을 취재해서 다큐멘터리로 만들 거래. 이제야 우리 진가를 알아보는 사람이 나타난 거지. 내가 오늘 만나고 왔는데 다음 주 수요일에 첫 촬영하기로 했다. 아하하."

"진짜요? 우아!"

"응. 그렇게 알고 우리는 내일부터 당장 집중 합주에 들어갑니다. 오케이?"

"네, 아줌마. 오케이!"

오빠와 심각한 이야기를 나누고 있었다는 것도 잊은 채 입을 헤벌리고 웃었다.

"나 그때 너 봤다."

유쾌함을 깨뜨리는 오빠의 목소리. 나는 다시 심각한 세계로 돌아왔다.

"뭘, 봐?"

나는 짜증이 났다.

"너 공연하는 거."

"오빠 거기 있었어?"

"그날 우리 만난 지 백 일 되는 날이었거든."

아아아, 이건 또 무슨 소린가. 남자끼리 백 일 기념 이벤트라도 했다는 건가. 정말 해도 해도 너무하는 거 아닌가.

"너 정말 잘하더라. 오우 예~"

오빠가 헤드뱅잉 하는 시늉까지 내며 애써 밝은 표정으로 말했다.

"근데 나 그날 많이 속상했어. 내 동생이 저기에 있는데 그 앞에 당당히 나서지 못하겠더라고. 괜히 너한테 피해 줄까 봐."

"오빠, 그러니까 게이 안 하면 안 돼? 그거 꼭 해야 돼? 관두면 되잖아. 그러면 그렇게 속상해할 필요도 없잖아."

오빠가 게이가 되기 전까지 우리 집엔 아무런 문제가 없었다. 오빠 때문에 모든 게 한순간에 무너지고 있다. 오빠만 한발 양보하면 될 일이다. 그렇게만 된다면 오빠도, 아빠도, 나도 예전처럼 지낼 수 있다.

"으이그, 게이가 대통령이나 선생님이라도 되냐? 되고 말고 하게."

"노력을 해 봐, 오빠."

나는 안타까운 마음에 정말 간절히 부탁했다.

"내가 게이라는 걸 안 건 중2 때야. 내가 남들과 조금 다르다고 느낀 건 훨씬 더 먼저였지만."

오빠가 내 눈을 빤히 바라보았다.

"여자 친구라도 사귀지 그랬어."

나는 진심을 다해 오빠에게 말했다.

"만나 봤어, 여자 친구. 근데 안 되더라. 아무리 좋아하려고 애를 쓰고 또 써도 안 되더라."

"오빠, 말이 씨가 된대. 나는 여자가 좋다, 여자가 좋다, 나는 게이가 아니다, 아니다. 이렇게 만날 주문을 외워 봐."

답답한 마음이 커져 갔다.

"하하. 다 해 봤어. 니 말대로 주문도 외우고 여자 연예인 사진을 컴퓨터 바탕화면으로 깔아 보기도 하고 안 해 본 거 없이 다 해 봤다고. 근데 세 번째 사귄 여자애랑 억지로 키스하고 돌아서서 소매로 입술을 닦는데 갑자기 눈물이 나더라. 그때 알았지. 어쩔 수 없다는 걸. 내가 아무리 도망치고 싶어도 절대 그럴 수 없다는 걸 말이야."

"그러면 우리한텐 말하지 말든가. 끝까지 숨기지 그랬어. 아무도 모르게. 이게 뭐야. 왜 말해서 이렇게 복잡하게 만들어."

화가 북받쳤다.

"지금 넌, 너 스스로를 사랑하니?"

갑작스러운 질문. 나는 멈칫했다.

"나는 지금 그 질문에 대한 답을 찾고 있는 거야."

6. 오빠의 남자 친구

"어휴, 유미야 그렇다 치고 복태 얘는 왜 이렇게 안 오는 거야? 지금이 도대체 몇 시야! 이것들 오기만 해 봐라. 이번엔 초강력 헤드락을 걸어 줄 테다."

계서 아줌마가 공중에 대고 주먹을 휘둘렀다. 영화 촬영이 바로 내일인데 유미와 복태 오빠가 한 시간이나 지나도록 안 오고 있기 때문이다. 복태 오빠는 아예 휴대 전화도 꺼 놨다.

사실 유미는 지금 병원에 있다. 마지막 수업이 끝나 갈 무렵, 느닷없이 교실 바닥에 쿵 하고 쓰러진 것이다. 깜짝 놀란 선생님이 유미를 들러업고 보건실로 달렸다. 몇 가지 진찰을 한 보건 선생님의 진단은 빈혈과 전해질 부족. 극심한 다이어트나 과도한 운동 때문에 영양 불균형이 온 상태이니 보건실에서 잠시 쉬다가 병원에 가서 정밀 검사를 받으라고 했다. 학교를 나서기 전 살짝 걱정이 되어 보건실에 들렀더니 유미는 벌써 병원으로 가고 없었다. 그리고 잠시 뒤 도착한 문자.

'나 아픈 거 멤버들한테 말하지 말아 줘. 방해되는 존재가 되긴 싫다고.'

지가 무슨 이순신이라도 되나. 어쨌든 유미 부탁대로 멤버들에게는 대충 둘러댔지만, 슬쩍 걱정된다. 사실 유미가 쓰러졌을 때 나는 아주 많이 놀라지는 않았다. 어쩌면 조금은 예상했던 일이라고나 할까. 내 앞에서 여유미는 뭘 먹은 적이 거의 없다. 생수 병이나 들고 다니며 홀짝일 뿐이지 다 함께 밥을 먹거나 떡볶이 같은 간식을 먹을 때도 늘 한발 물러서 있었다. 방금 전에 먹었다, 배가 안 고프다, 맛없다, 그런 걸 왜 먹느냐는 핑계를 대면서 말이다. 심지어 합주하다가 저녁 시간이 다 되어 밥 먹으러 가자는데 이렇게 대답하는 여유미다.

"어제 먹었는데?"

그렇다고 여유미가 다이어트를 해야 할 정도로 뚱뚱한가 하면 오히려 그 반대이다. 유미는 우리 반에서 가장 마른 축에 속한다. 대한민국 평균인 나랑 비교해도 십 킬로그램은 덜 나갈 거다. 그런데도 유미는 늘 자기가 뚱뚱하다는 말을 입버릇처럼 해 댔다. 뺄 데가 어디 있느냐고 물으면 아무도 모르는 곳에 꽁꽁 숨겨 두었다고 맞받아쳤다. 어쨌든 여유미는 좀 먹어야 했다.

"아, 죄송."

복태 오빠가 합주실 문을 열어젖혔다. 힘 조절이 안 되어 꽝 소리가 났다. 계서 아줌마한테 당할까 봐 있는 힘껏 뛴 티가 팍팍 난다. 숨을 내쉴 때마다 입에서 나는 단내. 교복 셔츠 단추는 풀어져 있고 아침에 머리에 바른 왁스는 땀과 범벅돼 엉망이다. 그런데도 아무렇지도 않은 척 온갖 폼을 다 잡고 있다.

"뭐야, 전화기도 꺼져 있고. 정말 다들 정신이 빠졌어. 이맹수 닮아 가는 거냐?"

계서 아줌마가 만만한 맹수 아저씨 탓을 했다.

"학교에서 갑자기 전화기 빼앗고 가방 검사하고 난리 치는 통에 연락도 못 하고 늦었어요."

계서 아줌마한테 공격당할까 봐 손으로 가드를 올리고 방어 자세를 취하는 복태 오빠.

"가방이랑 사물함 다 뒤집히고 복도에서 손 올리고 몸수색까지 당했더니 저 정말 피곤하거든요."

털썩 의자에 주저앉으며 복태 오빠가 작게 혼잣말을 했다.

"그러니까 오늘은 헤드락 걸지 마세요, 제발."

"엥? 아직도 소지품 검사 같은 걸 해? 20세기가 저물며 이미 근절된 줄 알았는데. 복태 너 무슨 잘못했냐? 담배라도 피우다 걸렸어?"

맹수 아저씨가 해맑게 웃으며 물었다.

"올봄에 맘 잡으면서 끊었거든요."

"그래, 나랑 복태랑 같이 금연했잖아. 그때 내가 복태한테 참 큰 힘이 됐다, 암. 패치랑 껌도 나눠 줬지. 입 심심하다고 하면 맥주 한 모금 적선한 것도 나다."

계서 아줌마가 뿌듯한 표정으로 고개를 주억거렸다.

"아줌마 다시 피우는 거 제가 다 봤거든요."

복태 오빠가 아줌마를 빤히 바라보았다.

"그래, 나 의지박약해서 다시 피운다. 그래서 어쩔래? 너는 지각이나 하지 마."

아줌마가 무안한지 복태 오빠 머리에 알밤을 먹였다.

"근데 소지품 검사는 왜 당한 거냐?"

맹수 아저씨가 기타 튜닝을 시작하며 물었다.

"그때 우리 공연했던 무대 있잖아요. 레인보우 페스티벌."

"그게 왜?"

아저씨가 튜닝을 멈추고 복태 오빠를 빤히 보았다.

"오늘 소지품 검사한 게 그거 때문이었거든요."

"엥? 그건 또 무슨 소리?"

계서 아줌마가 눈을 동그랗게 떴다.

"어젯밤 무슨 시사 프로그램에 레인보우 페스티벌 내용이 나왔대요. 혹시 보셨어요?"

"그래? 우리 공연하는 것도 나왔대냐? 내 얼굴 크게 나온 건 아니겠지? 촬영한다고 미리 말해 줬으면 미용실에라도 다녀왔을 텐데."

갑자기 계서 아줌마가 흥분했다.

"그 시간에 나는 드라마 봤지. 본방 사수! 근데 뭐가 어떻게 나왔는데 소지품 검사를 해?"

맹수 아저씨가 의아하다는 표정을 지었다.

"아, 짜증 나. 선정적이고 저질스런 공연에 한창 꿈을 안고 자라나야 할 청소년들까지 무방비로 노출돼 멍들어 가고 있다는 내용이었대요."

"뭐? 저질?"

계서 아줌마가 소리를 빽 질렀다.

"문제는 페스티벌에 참여한 이반(동성애자를 뜻하는 말로, 이성애자를 '일반'으로 일컫는 것과 구별해 부르던 것이 현재에 이르러 정착되었다.) 가운데 몇 명을 인터뷰해서 내보냈는데, 글쎄 그 중 한 명이 우리 학교 학생이었던 거예요. 게다가 모자이크 처리도 없이! 학생 주임이 그 방송 보고는 팔짝팔짝 뛴 거죠. 학교의 명예를 더럽혔네, 학생 신분에 어긋나는 짓을 했네, 그러면서 아예 뿌리를 뽑아 버리겠다며 전교생을 다 뒤진 거고요."

"진짜 어이없다. 오히려 그 학생이 방송사를 고발해야 돼. 이건 엄연한 초상권 침해라고."

아줌마와 아저씨가 활활 열을 냈다.

"근데 그게, 그 학생이 정지민이라고, 저랑 오래된 친군데요. 얼굴을 방송에 내보내는 거에 동의하고 인터뷰한 거래요."

"뭐?"

우리는 모두 놀라 눈을 휘둥그레 떴다.

"지민이는 중학교 때 이미 가족이랑 친구들한테 커밍아웃했어요. 지금 학교에서는 선생님들까지 대부분 알고. 보통 애들 같았으면 전학을 가든지 징계를 먹든지 하는데, 지민인 워낙 공부도 잘하는 데다 아빠가 교육계에서 좀 높으신 분이라 아무도 안 건드리고 있었어요. 그래도 그렇지. 이렇게 전국적으로 사고를 치다니."

복태 오빠가 고개를 절레절레 흔들며 말했다.

"복태 너는 별일 없었고?"

맹수 아저씨가 어울리지 않게 진지한 얼굴로 물었다.

"사실은 제가 지민이랑 친하거든요. 그래서 학생 주임한테 따로 불려 갔다 왔어요. 지민이에 대해서 꼬치꼬치 캐묻더라고요. 부모님이랑 사이는 괜찮은지, 담배는 안 피우는지, 지금 누구랑 사귀고 있는지, 다른 나쁜 일은 안 하는지 그런 것들이요."

"뭐야, 게이는 분명 뭔가 나쁜 짓을 하고 있을 거란 얘기야? 아무튼, 그래서?"

계서 아줌마가 또 화를 냈다.

"대충 둘러댔죠, 뭐. 말할 거리도 없고요. 설사 있다고 해도 그런 걸 왜 꼰질러요? 사실 지금 지민이가 사귀고 있는 애가 있어요. 근데 그거 알려지면 학교에서 완전 개 밟아 버릴걸요. 지금 분위기로는 퇴학시킬지도 몰라요."

복태 오빠가 손을 내저었다.

"왜들 그렇게 남 연애 문제에 관심이 많은 거야?"

계서 아줌마가 드럼을 탕탕 두드렸다.

"징계까지? 완전 코미딘데?"

맹수 아저씨도 동조했다.

"지민이랑 같은 반 앤데 다행히 오늘 학교 안 나왔더라고요. 이락이라고, 개 무식한 데다 욱하는 성격에 힘까지 세서 오늘 등교했으면 아마 학교를 폭파했을 거예요."

이락? 머릿속이 하얘졌다.

"그러니까 남자가 왜 남자를 좋아해요? 하지 말라는 짓, 안 하면 되잖아요!"

나도 모르게 소리를 질렀다. 모두들 그런 나를 물끄러미 바라보았다.

"얘 뭐라는 거니? 사람이 사람 좋아하는 데 왜라는 이유가 꼭 있어야 되나?"

계서 아줌마가 드럼 스틱으로 내 머리를 톡 때렸다.

"역사적으로 동성애자는 얼마든지 있어. 레오나르도 다빈치, 알렉산더 대왕, 슈베르트, 차이콥스키, 엘튼 존. 수도 없지."

맹수 아저씨가 거침없이 말을 내뱉었다.

"뭐냐, 맹수? 역사적으로? 그렇게 유식한 단어를 쓰다니! 으하하하."

계서 아줌마가 마음껏 비웃었다.

"대학 다닐 때 하숙했거든. 그때 하숙생 중에 유독 싹싹하고 잘 웃는 애가 있었어. 도윤이라는 친구였는데 걔랑 되게 친하게 지냈지. 내가 원래 친절하고 부드러운 사람들을 좋아하잖아. 아무튼 하루는 낮잠을 자고 있는데 누가 내 방문을 열고 쓱 들어오는 거야. 그러더니 내 옆에 눕네. 도윤이었어. 한참을 가만히 누워만 있더니 손으로 내 가슴을 더듬더라고. 으악. 되게 놀랐는데 어떻게 해야 할지 전혀 모르겠더라. 내가 완전 뻣뻣하게 굳어만 있으니까 더듬는 걸 멈추더라고. 그러고선 한숨 한 번 쉬더니 방 밖으로 나가더라. 그러고는 얼마 뒤에 도윤이가 하숙집을 옮겼지."

"그걸 그냥 놔뒀어요? 나는 누가 게이든 뭐든 상관없는데 나한테 집적대면 한 대 팰 것 같긴 해요."

복태 오빠가 얼굴을 잔뜩 찡그렸다.

"그게 그러니까 너무 어이없는 일을 당해서 그런가, 내가 혹시 게이인가 하는 생각이 어느 순간 드는 거야. 그래서 책도 찾아보고 게이 바 찾아가서 어울려 보기도 했지. 나름 검증의 기간이었다고나 할까?"

아저씨는 평소와는 달리 차분하게 이야기를 풀어냈다.

"그래서?"

계서 아줌마가 흥미진진한 표정으로 아저씨에게 물었다.

"뭐가 그래서?"

"그래서 검증의 결과가 뭐냐고!"

"아, 나는 아니었어. 같이 얘기하고 노는 건 재미있고 좋았는데, 잠은 못 자겠더라."

맹수 아저씨가 뒷머리를 긁적였다.

"하긴, 나도 중학교 때 한 학년 위 여자 선배를 엄청 짝사랑한 적이 있었어. 지금 생각하면 내가 그때 왜 그랬나 싶기도 한데 어쨌든 그땐 진짜 진심으로 심각했다니까."

계서 아줌마가 조심스레 이야기를 꺼냈다.

"실제로 백 퍼센트 이성애자이거나 동성애자인 사람은 없대. 누구든 동성애자 기질을 가지고 있고 그게 몇 퍼센트 정도가 발현되느냐에 따라 이성애자가 되든지 동성애자가 되는 거래."

맹수 아저씨가 또 유식한 척을 했다. 완전 신 나셨다.

"나랑 다르다고 해서 미워하고 차별하고 괴롭히는 건 참 유치 뽕인 짓이야. 란, 안 그래?"

계서 아줌마가 나를 보며 목청을 돋우었다.

"몰라요!"

나는 괜히 볼멘소리를 냈다. 웃기시고들 있다. 그런 착한 소리, 나도 할 수 있다. 내 일만 아니라면 말이다. 멤버들의 이런 반응, 이건 모두 자기 일이 아니기 때문이다. 가족 중 누군가에게 이런 일이 생긴다면, 그때도 저렇게 쿨한 척할 수 있을까. 아빠도 그랬다. 내가 레인보우 페스티벌에 나가며 동성애자들이 무섭다고 했을 때, 아빠는 편견을 버리라고 충고했다. 그런데 지금은? 오빠가 동성애자라는 사실을 받아들이지 못하고 있다. 누구나 남의 일에는 너그러울 수 있다. 좋은 사람 되기, 내 일이 아닐 땐 쉽다.

내일이 영화 촬영 첫날이라 멤버 모두 열을 올리며 연습했지만 나는 전혀 흥이 나지 않았다. 여러 가지 생각이 꼬리에 꼬리를 물었다. 어쨌든 연습을 마치고 촬영 때 맞춰 입을 옷 색깔까지 정하고 나니 어느덧 밤 열 시가 훌쩍 넘어 있었다.

아빠는 오늘 철야이니 새벽이나 되어야 퇴근할 테고, 집엔 감기 걸린 오빠가 누워 있겠지. 아, 배가 좀 고픈데 만두 튀겨 먹을까, 아님 후다닥 라면 하나 끓여 먹고 잘까. 이런저런 생각을 하며 버스에서 내리는데 굵은 빗방울이 떨어졌다. 일단 근처 가게 차양 아래에서 비를 피했다. 하지만 그칠 기미가 보이지 않았다. 집까지 내달렸다. 점점 더 굵어지는 빗줄기에 머리와 옷이 다 젖었다. 하늘에선 천둥과 번개까지 쳐 대고 물웅덩이에 발이 빠져 양말까지 푹 잠겼다. 한 발 한 발 뛸 때마다 종아리 뒤에 물이 튀었다. 기분도 엉망이고 몸도 진창. 이 씨, 정말 오늘 완전 짜증 나는 날이다.

오빠는 텔레비전을 틀어 놓은 채 거실 소파에 누워 잠들어 있었다. 나는 현관에 서서 물을 뚝뚝 흘리며 오빠를 멍하니 바라보았다. 긴 다리는 소파 바깥으로 비어져 나왔고 깁스를 한

팔은 가슴 위에 가지런히 놓여 있다. 약간 벌린 입과 벌름거리는 콧구멍도 눈에 들어왔다. 아주 익숙한 오빠의 얼굴. 엉뚱하지만 자상한 그리고 가끔 툭탁대기도 하는, 내가 좋아했던, 우리 오빠다.

텔레비전 코미디 프로에서 관객들이 와하하하 웃어 대는데 갑자기 눈물이 툭 떨어졌다. 그러다 와락 쏟아졌다. 서럽지도 슬프지도 않은데 볼을 타고 내리는 눈물은 뜨거웠다. 나는 깜짝 놀랐다. 왜 눈물이 나는 거지? 왜? 나는 비에 젖은 소매로 눈가를 쓱 닦고는 속옷을 챙겨 욕실로 들어갔다. 욕조에 따뜻한 물을 받아 몸을 담그니 마음이 서서히 진정되었다.

"뭐라고? 지금 어디야? 꼼짝 말고 기다려!"

거실에서 오빠가 통화하는 소리가 들렸다. 곧이어 쿵쾅쿵쾅 급하게 뛰어나가는 소리도 났다. 이렇게 비가 쏟아지는 밤중에 오빠는 어디로 간 걸까. 수건으로 머리를 감싸고 거실로 나왔다. 텔레비전은 혼자 떠들어 대고 현관문은 조금 열려 있다. 어지간히도 급하게 나간 모양이다. 나는 마구 어질러진 신발을 정리하고 문을 잠갔다.

잠시 뒤 초인종 소리가 났다. 나는 서둘러 문을 열었다. 흠뻑 젖은 두 남자가 서 있었다. 오빠와, 정지민이었다. 그대로 다시 문을 닫아 버리고 싶었다. 하지만 그럴 순 없었다. 정지민은 완전 만신창이였다. 이마에서 피가 흐르고 팔과 손엔 시퍼렇게 멍이 들어 있었다. 나는 오빠를 도와 정지민을 소파로 옮겨 뉘었다. 그러고는 냉장고에서 찬물을 꺼내 건네주었다. 벌컥벌컥 물을 들이켠 정지민은 씽긋 웃었다.

"뭐야?"

나는 일단 정지민을 무시하고 오빠에게 달려가 물었다.

"그 새끼들 다 죽여 버릴 거야."

오빠는 내 물음에는 대답도 않고 악을 써 댔다.

"지민이 너 집적거릴 때, 그때 내가 나섰어야 했는데. 이 새끼들 비겁하게 혼자 있는 틈에 사람을 이 지경으로 만들어? 너도 그래. 이렇게 당하기 전에 나한테 빨리 연락을 했어야지. 왜 바보같이 맞고만 있었어!"

오빠가 정지민 어깨를 흔들어 댔다.

오빠는 잠시 정신이 돌아왔는지 내게 정지민을 부탁하곤 후다닥 밖으로 나갔다.

"란아, 나 약국에 좀 갔다 올 테니까 지민이 좀 봐주라."

오빠가 나간 뒤에도 나는 한동안 그 자리에 그렇게 서 있었다. 정지민과 단둘이 마주하기가 두려웠다.

"꼬맹아, 물 한 잔만 더 줄래?"

나는 다시 얼음물을 만들어 건넸다. 정지민은 이번에도 달게 마셨다.

"다음번 만날 땐 티셔츠에 사인받는다고 했는데, 이렇게 피투성이가 돼서 오늘도 힘들겠다."

정지민이 씩 미소를 지었다. 상처가 더 도드라져 보였다.

짜증이 울컥 밀려왔다. 가엽기도 하고 걱정도 되었다. 나도 모르게 코가 찡해지면서 눈물이 고였다.

"그러니까 왜……."

나는 말을 끝내지 못했다. 정지민이 나를 물끄러미 바라보다 입을 열었다.

"꼬맹아, 있지, 이백 년 전쯤 아프리카에 사끼 바트만이라는 코이코이 족 여자가 살고 있었는데 어느 날 프랑스 파리로 팔려 가게 되었대. 코이코이 족은 엉덩이가 백인에 비해 아주 컸는데 그래서 유럽 사람들은 그 부족을 사람이 아니라 유인원쯤으로 생각했대."

갑자기 웬 세계사 수업?

"파리로 팔려 간 사끼 바트만은 유럽 여기저기에 엉덩이와 성기를 억지로 내보이는 치욕을 겪었어. 그러다 나중엔 사창가에 팔렸고 결국엔 죽음을 맞게 되었지. 죽은 뒤에도 그 여자의 뇌와 성기는 해부당해 박물관에 전시되어야만 했어. 그리고 시간이 한참 흐르고 나서야 고향으로 돌아가 강가에 묻혔대. 근데 꼬맹아."

정지민이 이야기를 하다 말고 나를 불렀다.

"코이코이 족이 무슨 뜻인 줄 아니?"

나는 멀뚱히 바라만 보았다.

"코이코이는 사람이라는 뜻이래. 유럽에서 갖은 치욕을 당할 때 사람인 사끼 바트만은 어떤 심정이었을까."

정지민은 숨이 가쁜지 물을 다시 한 모금 마셨다.

"나는 게이야."

정지민이 게이라는 단어에 힘을 주어 말했다.

"게이(gay)는 '즐겁다'는 뜻이야. 그리고 나는 그저 그러고 싶을 뿐이야."

정지민은 말을 마치곤 피곤하다는 듯 눈을 감았다. 그러더니 거짓말처럼 깊은 잠에 빠져들었다. 잠시 뒤 오빠가 돌아왔다. 너무 늦은 시간이라 문을 연 약국을 찾지 못했는지 빈손이었다. 나는 안방에서 구급상자를 찾아 다친 데 바르는 연고와 붕대를 오빠에게 건네주곤 내 방으로 들어갔다.

거실에선 오빠가 또 한 마리의 '고양이'를 보살피고 있다. 오빠는 물과 음식을 주고 담요를 덮어 주고 약을 발라 치료할 것이다. 따뜻하고 넓은 가슴으로 꼭 안아 줄 것이다. 그러면 여느 때처럼 고양이는 금방 회복되겠지. 생각이 거기까지 미치자, 나는 왠지 모르게 조금 안심이 되는 것도 같았다.

7. 들이닥친 일들

아빠는 감정의 찌꺼기를 누군가에게 던지는 사람이 아니다. 모든 사람에게 예의 바르고 친절하다. 시도 때도 없이 걸려 오는 각종 안내 전화조차 아빠는 늘 차분히 듣고 난 뒤 끊는다. 격한 감정을 드러내는 법도 없다. 폭소를 터뜨리거나 통곡을 하는 일 따위는 더더욱 없다. 나는 그런 아빠가 좋았다. 나와 오빠를 잘 받아 주는 아빠가 너무나 편했다. 하지만 커 가면서 조금씩 걱정되기 시작했다. 술이나 담배도 하지 않고 등산이나 낚시 같은 취미 생활도 없고 애인은 물론 친하게 지내는 친구도 없는 아빠. 그저 회사와 집을 오가며 자식들만 챙기는 아빠. 평일엔 출근하고 퇴근했다 우리들 간식 챙겨 주느라 바쁘고 주말엔 밀린 집안일을 하느라 더 바쁜 아빠.

새벽에 배가 아파 화장실에 가려고 거실로 나왔을 때, 나는 조각처럼 굳어 한곳을 뚫어져라 응시하는 아빠의 모습을 발견했다. 그리고 아빠 발아래엔 반나체로 뒤엉킨 채 잠든 오빠와 정지민이 있었다.

"내가 너를 어떻게 키웠는데."

아빠의 입술을 비집고 나온 첫 마디. 그러고는 답답한지 두 주먹으로 가슴을 쾅쾅 세게 내리쳤다. 감정을 드러내는 아빠의 낯선 모습. 나는 곁에서 지켜보고 있다 너무 놀라 아빠에게 달려들어 말렸다.

"아빠, 아빠, 그만해."

나는 아빠 두 팔을 꼭 붙들었다. 아빠는 갑자기 힘이 풀렸는지 그 자리에 털썩 주저앉았다. 나는 서둘러 오빠를 깨웠다. 잠시 뒤척이던 오빠가 심상치 않은 분위기를 감지하곤 벌떡 일어났다. 그러곤 재빨리 정지민을 흔들어 깨웠다. 눈을 비비며 일어난 정지민이 서둘러 옷을 챙겨 입었다. 아빠는 그 앞에 앉아 둘의 모습을 가만히 지켜만 보았다.

"아, 아빠!"

오빠가 먼저 입을 열었다. 아빠는 아무런 말도 하지 않았다.

"에이, 이런 식으로 급하게 소개하고 싶진 않았는데."

오빠가 배시시 웃으며 뒷머리를 긁적였다.

"아빠, 란아. 정지민이야. 내 남자 친구."

새빨개진 오빠 얼굴. 아, 진짜 어이없다. 잠깐 화장실 가려고 나온 새벽에 이런 상황을 겪어야 하다니. 이건 정말 말이 안 된다.

"나중에 수능 보고 나서 제대로 소개하려고 했는데, 헤헤."

오빠는 민망한지 연신 헤헤거렸다.

"아빠, 지민이 우리 반 일 등이에요. 농구도 엄청 잘해. 그리고 영어도 되게 잘하고. 참, 나 수학 못하잖아. 요즘 지민이한테 특별 과외 받고 있어요. 그리고 또……."

"그만해, 이락."

아빠가 오빠를 막았다.

"그런 이야기는 더 듣고 싶지 않아. 이락, 정신 좀 차려. 니 나이 땐 별별 일이 다 일어나는 법이야. 지금은 락이 니가 잠시 착각하는 거라고."

아빠는 여전히 정지민에게는 눈길 한 번 주지 않은 채 오빠를 보며 말했다.

"에이, 아빠 정말 왜 그러세요. 나 게이예요, 게이! 아, 아들 말 진짜 못 믿네."

오빠가 샐샐 웃으며 깁스를 한 팔로 장난스레 아빠 옆구리를 툭 쳤다. 아빠의 얼굴이 살짝 일그러졌다. 오빠가 민망한 듯 눈을 끔벅였다.

"내가 모른 체하면 알아서 모든 게 제자리로 돌아갈 줄 알았어. 문제란 문제 삼을 때에야 비로소 문제가 되는 거니까 말이야. 그런데 그렇게 간단히 끝내기엔 너무 늦은 거니? 이락, 아빠가 도와줄게. 빨리 정상으로 돌아갈 수 있도록 말이야. 병원도 알아 놨어. 날 밝는 대로 병원부터 가 보자."

아빠가 갑자기 정색을 하며 간절한 마음을 담아 오빠를 설득했다. 이야기를 듣는 동안 오빠의 얼굴이 점점 벌게졌다.

"안녕하세요."

뜻밖의 목소리. 정지민이었다.

"아까부터 여기 있었는데, 저는 계속 안 봐 주셔서요. 인사가 좀 늦었습니다."

거침없는 태도, 약간 빈정거리는 말투. 나와 얘기 나누던 정지민답지 않다.

"갑자기 저희 아버지 생각이 나네요. 저희 아버지도 저한테 정신 병원으로 꺼지라고 하거든요. 정상으로 고쳐 준다나. 젠장. 근데 아저씨, 정상이 뭐예요? 도대체 정상이 어떤 건데 자꾸 우리보고 그거 하라 그래요? 그거 좋은 거예요?"

정지민이 생글 웃으며 아빠를 빤히 바라보았다.

"야, 너 왜 그래?"

오빠가 정지민을 막았다.

"근데요, 아저씨. 아저씨가 받아들이든 말든 락이가 게이인 사실엔 변함없어요."

굳어 버린 아빠에게 정지민은 계속해서 독설을 내뱉었다.

"혹시 희망 같은 걸 품고 계신 거예요? 락이를 설득하거나 치료를 받게 하고, 그도 안 되면 혼이라도 내면 원래의 락이로 돌아올 거라고 생각하세요?"

정지민이 숨을 한 번 크게 들이쉬곤 말을 이었다.

"그건 착각이에요, 아저씨. 왜인 줄 아세요? 락이는 변한 게 아니라 원래 이 모습이니까요. 그게 가능한 일이었으면 우리가 지금 미쳤다고 이러고 있겠어요?"

"진짜 왜 그래? 너 돌았어?"

오빠가 소리를 빽 질렀다.

짝!

그때 잠자코 듣기만 하던 아빠가 정지민의 뺨을 후려쳤다.

"아빠! 지금 뭐 하시는 거예요!"

오빠가 아빠 팔을 붙잡고 소리를 질렀다.

"닥쳐. 이제 그만하고 네 집으로 돌아가."

아빠는 온몸을 부들부들 떨다 정지민의 멱살을 잡았다.

"이러지 마세요. 그만하시라고요!"

오빠가 정색을 하고 고함을 질렀다.

"한 번만 더 건드리면 그땐 저 진짜 가만히 안 있을 거예요."

오빠가 아빠를 쏘아보았다.

"락이 너! 니가 어떻게……."

아빠가 털썩 주저앉았다.

"아빠, 저 힘들었어요. 정말 힘들게 아빠한테 말씀드린 거였는데. 삼 년 동안 매일 밤마다 고민했다고요. 내일은 아빠한테 이야기해야지……. 그런데 어떻게 그렇게 무시하실 수 있어요? 저 정말 서운했어요."

오빠 목소리에서 설운 감정이 뚝뚝 묻어났다.

"지난 삼 년을 제가 어떻게 견뎠는지 아빠는 모르실 거예요. 그래도 저 나름대로 잘 해냈어요. 손목 한 번 그은 적 없고요, 나를 미워하거나 부모님을 원망하지도 않았어요. 아니, 그러지 않으려고 정말 많이 애썼어요. 한 번밖에 없는 내 인생, 포기하지 않으려고 저 정말 죽을힘을 다해 악착같이 노력했어요. 정말 살고 싶었어요. 그리고 이제는 행복해지고 싶어요, 아빠."

"락아, 너한테 도대체 무슨 일이 일어난 거니?"

아빠는 거의 울부짖었다. 그때 정지민이 불쑥 끼어들었다.

"게이인 이락, 그대로를 인정하고 사랑해 주세요. 저희 아버지처럼 아들 하나 잃고 나중에 후회하지 마시고요. 가족은 그런 거잖아요. 언제나, 그 누가 뭐라 해도, 늘 한결같은 내 편, 그게 가족이잖아요."

정지민은 인사를 꾸벅 하더니 짐을 챙겨 나갔다. 오빠도 곧바로 자리에서 일어났다.

"이락, 앉아."

아빠가 단호하게 말했다.

"죄송해요, 아빠."

오빠는 정지민을 쫓아 계단을 쿵쾅쿵쾅 뛰어 내려갔다.

어제는 하루 종일 비가 오더니 오늘은 화창하다. 우중충한 내 마음과 정반대다. 아침부터 울었더니 눈이 퉁퉁 부어 버렸다. 학교 가면 분명 애들이 흘끔흘끔 쳐다볼 텐데. 잠을 설쳐 피곤하기도 하고. 일단 집을 나서긴 했지만, 오늘은 진짜 학교에 가고 싶지 않다. 오빠는 어디에 간 걸까. 옷도 제대로 안 걸치고 지갑도 안 가져갔는데. 전화기도 두고 나갔으니 연락해 볼 도리도 없고.

정지민의 한마디 한마디가 내 가슴을 찌른다. 가족이라면 있는 그대로를 인정해 주고 보듬어 주어야 하는 것 아니냐는 물음. 언제나 같은 편이 되어 주어야 한다는 말. 맞다. 내가 못나건 잘나건 우리 가족은 여전히 나를 사랑해 줄 거라고 믿고 있다. 그런데 나는, 그리고 아빠는, 오빠가 비정상이라고 몰아세우고만 있지 않은가. 우리가 너무 모진 걸까. 하지만 우리를 이렇게 만든 건 분명 오빠다. 오빠가 시작한 일이잖아, 쳇. 억울하면 게이 따위 안 하면 되잖아, 뭐.

"란!"

누군가 내 어깨를 툭 쳤다. 뒤를 돌아보았다. 여유미가 실실 웃고 있다.

"뭐야. 저 뒤에서부터 이란, 이란 하고 불러 댔는데 어쩜 한 번을 안 돌아보니?"

어느새 팔짱까지 꼈다. 어제 교실 바닥에 퉁 하고 쓰러진 모습은 온데간데없다. 언제나 지나치게 맑음, 여유미의 모습 그대로다. 음, 다크 서클이 턱까지 내려오긴 했네.

"어, 생각 좀 하느라고. 근데 몸은 괜찮아?"

"응. 얼마 전에 목욕탕 가서 전신 거울 보니까 허벅지에 군살이 좀 붙었더라고. 그래서 다이어트 아주 조금 심하게 했더니 바로 탈이 나네."

"근데 너, 살 빼서 뭐하려고 그러냐?"

"살 빼서 뭐할 거냐고? 살 빼서 뭐하긴. 그냥 빼는 거야."

"그럼 너는 목적도 없이 그러고 있다는 거냐? 나는 니가 하도 체중 관리를 해 대서 권투 시합 나가는 줄 알았다, 야."

"하하. 너도 농담 같은 거 다 할 줄 아는구나."

여유미가 내 엉덩이를 톡톡 두드렸다.

"근데 이란. 요즘엔 말이야, 마르면 이유 없이 그냥 좋은 거야. 날씬하면 할수록 똑똑한 거고, 착한 거고, 도덕적인 거라고."

립글로스를 바른 여유미 입술이 오늘따라 더욱 번들거린다.

"우리 반 공식 지정 왕따 이정현 봐. 걔가 왜 왕따가 됐게? 다 뚱뚱해서 그런 거잖아. 오죽하면 선생님들까지도 애를 그렇게 방치했다고 정현이 부모님을 다 욕하겠니?"

여유미가 혀를 끌끌 찼다.

"이정현이야 워낙 뚱뚱하니까 그렇다 쳐도 너는 아니잖아."

"어머, 얘는? 방심하다가는 언제 그렇게 될지 몰라!"

여유미가 지나치게 흥분을 했다.

"사실 이건 비밀인데……."

여유미가 내 눈치를 슬슬 살피며 말을 이었다.

"나 초등학교 때까지 정현이만큼 뚱뚱했어. 아니, 어쩜 더했는지도 몰라. 돼지, 뚱보, 초특급 울트라 살땡이……. 살과 관련된 별명은 다 내 거였으니까. 그거 되게 슬픈 일이다, 너. 겪어 보지 않은 사람은 진짜 모를 거야."

여유미가 한숨을 폭 내쉬었다.

"하지만! 내가 그 살 다 뺐다는 거 아니냐. 정말 대단하지 않니? 호호. 어쨌든 그러고 나서 이사하고 전학까지 하면서 예전 내 모습을 아는 사람이 없어졌지. 나로서는 생큐!"

언제 풀이 죽었냐는 듯 다시금 활기가 넘치는 여유미.

"어쨌든 난 다시는 그때로 안 돌아갈 거야. 절대로. 그리고 평소보다 조금이라도 더 찌면 엄청 열 받아. 나 자신과의 싸움에서 진 것 같아서 말이야."

"무슨 원수졌냐? 싸우게? 그리고 쓰러질 정도로 그렇게 심하게 하는 다이어트, 그거 문제 아니냐?"

"아니. 살찌는 게 문제지. 살 빠지는 건 문제가 아니라고 본다, 난. 선생님들이랑 애들이 왜 공부도 못하는 나한테 잘 대해 주게? 다 내 명품 몸매 덕분이라고."

"어휴, 정말 잘났다, 잘났어. 근데 너 오늘 영화 촬영은 할 수 있겠어?"

"걱정 마. 나야말로 영양실조에 딱 맞는 캐릭터 아니겠어?

게다가 화면발 잘 받으려고 옷도 사 놨다고. 호호."

"옷? 아! 깜박했다."

안 그래도 잘 잊어버리는 성격이라 어젯밤 자기 전에 쇼핑백에 담아 신발장 옆에 놔두었는데. 새벽에 한바탕 난리를 친 통에 챙겨 나오질 못했다.

"으이그, 이따 집에 다녀올 시간 되니?"

"후딱 다녀오면 되는데, 집 분위기가 별로여서."

"집에 무슨 일 있어?"

여유미가 호기심 가득한 눈으로 바라보았다.

"아니, 그냥."

"일이 있으면 있고 없으면 없는 거지. 그냥이 뭐니?"

"그게 아니고. 우리 오빠가……."

나도 모르게 말이 흘러나오고 있었다.

"왜? 너희 오빠가 뭐 어쨌는데."

"아니다. 됐어."

"이란, 너 죽는다. 말을 꺼내다가 마는 거, 그거 진짜 나쁜 짓이다. 혹시 너 내가 소문이라도 내고 다닐까 봐 그래? 머리 비어 보인다고 무시하는 거냐? 그리고 너랑 나 사이에 고민 상담도 못 하니? 진짜 서운하다, 이란."

여유미가 입을 뾰족이 내밀었다. 삐쳐 버렸나 보다. 나는 삐친 사람 달래는 게 정말 싫다. 내가 단짝 친구를 애써 만들지 않는 것도 여자애들의 삐치는 습성 때문이다. 조금만 친해졌다 싫으면 자꾸만 기대하고 기대고 싶어 한다. 기대에 어긋나고 기대지 못하게 하면 서운해하다가 삐쳐 버린다. 그러면 나는 별로 미안하지도 않은데 사과하고 다시는 그러지 않겠다는 약속도 해야 한다. 아, 정말 귀찮다. 그냥 서로의 마음에 상처 주지 않을 만큼의 안전한 거리를 유지하면서 적당히 지내면 안 되나? '너랑 나 사이에', 나는 당최 이 말의 뜻을 모르겠다.

"혹시, 너희 오빠가 너 거기 만졌어?"

유미가 매우 조심스럽게 물었다.

"거기?"

"거기! 가슴이나 아니면 더 아래."

"뭐? 하하하."

나는 웃음밖에 나오지 않았다.

"그러면 뭐야? 혹시 술 먹고 아빠 차 몰고 나갔다가 사고라도 냈니?"

"하하하. 아니야, 아니야."

"그럼 뭐야? 뭐가 문제야?"

"우리 오빠 게이래."

불쑥, 나도 모르게 말이 튀어나왔다.

"씨, 얘기 안 하려고 했는데."

여유미는 분명 이것저것 귀찮게 질문을 해 대겠지. 그러곤 위로해 준답시고 기껏 '어떡해, 어떡해'만 늘어놓을 것이다.

"그래서?"

여유미가 눈을 또록또록 빛냈다.

"뭐가 그래서야?"

"끝이야?"

"응, 끝이야. 어설프게 위로할 생각일랑 하지 마라. 안 그래도 머리통 터질 지경이거든."

미리 입을 막으려고 윽박을 질러 놓았다.

"란, 집안 분위기 정리되면 너희 오빠 소개 좀 시켜 주라. 게이 친구 갖는 게 내 평생소원 아니겠냐. 호호."

엥, 뭐야. 위로 안 해 줘? 함께 걱정해 주는 척하려고 물어본 거 아니었어? 여유미의 이 반응은 뭐지? 아무런 문젯거리도 되지 않는다는 이 결론은 뭐냐고! 내 머릿속을 가득 채웠던 고민과 걱정이 이렇게 한순간에 아무것도 아닌 양 취급되다니. 뭔가 억울했다. 동시에 잔뜩 긴장했던 힘줄이 조금 느슨해져 버린 것 같았다. 금방이라도 터질 것같이 빵빵하던 풍선의 바람이 푸드득 하고 조금 빠져나간 것 같은 기분도 들었다.

"좀 가벼워졌어?"

내 마음속을 꿰뚫어 본 듯 여유미가 물었다.

"거 봐. 고백해 버리고 나니까 시원하잖아."

그러곤 나를 향해 눈을 찡긋했다.

보충 수업을 듣는데 부르르르 휴대 전화로 문자가 들어왔다. 계서 아줌마가 보낸 단체 문자였다.

'오늘 촬영 취소. 젠장. 진탕 마실 사람은 이따 파라다이스로 와.'

유미와 나는 학교가 끝나자마자 파라다이스로 달려갔다. 계서 아줌마와 맹수 아저씨가 손님처럼 테이블에서 맥주를 마시고 있었다.

"어이구, 우리 쭈꾸미들!"

아줌마가 볼을 마구 비벼 댔다. 조금 취한 것 같았다.

"어떻게 된 거예요?"

가방을 내려놓으며 유미가 물었다.

"영화사가 망했대."

언제나 그렇듯이 해맑은 표정을 짓는 맹수 아저씨.

"맹수야, 그래서 좋냐? 너의 티 없이 맑음은 정말 때와 장소를 가리지 않는구나."

계서 아줌마가 아저씨 뒤통수를 툭 쳤다.

"이 씨, 일부러 옷도 새로 샀는데."

유미가 살짝 투덜거렸다. 다른 멤버들만큼은 아니지만 나도 이번 영화 출연을 살짝 기대했던 터였다. 영화에 출연하면 유명해질 테고 그러면 클럽 여기저기에서 우리에게 공연해 달라고 찾아와 줄을 설 거라는 아줌마의 말 때문이다.

지난번 페스티벌 공연 이후, 나는 아줌마가 말하는 '진짜 무대'가 자꾸 생각났다. 그때 느꼈던 짜릿한 감동이 쉬이 잊히지 않는 것이다. 영화에 출연하면 그런 무대에 다시 설 기회가 자주 온다고 하니 저절로 기대가 됐다.

"너희도 진탕 마셔! 자, 병째 나발 불기다."

계서 아줌마가 콜라 뚜껑을 따 유미와 나에게 건넸다.

"여기 맥주 하나 더 주세요. 그리고 말소리 좀 줄여 주시면 안 돼요? 얘기 소리가 안 들리잖아요."

손님이 맹수 아저씨에게 약간 짜증을 부렸다.

"갖다 드세요. 저기 냉장고 있잖아요. 그리고 얘도 지금 심각하거든요?"

아줌마가 치고 나와 손님에게 한다는 소리다.

"죄송합니다. 제가 갖다 드릴게요."

언제 들어왔는지 복태 오빠가 손님에게 사과를 하고 있다.

"오히려 잘됐어요."

서빙을 마친 복태 오빠가 우리 테이블에 앉으며 말했다.

"귀찮은 거 딱 질색이야. 얼굴 팔리는 것도 싫고."

그러더니 물을 벌컥벌컥 들이켜는 복태 오빠.

"귀찮다는 놈이 손톱 손질까지 하고 나왔냐?"

순간, 우리는 복태 오빠의 억센 손을 바라보았다. 거기엔 투명 매니큐어가 발린 앙증맞은 손톱이 반짝이고 있었다. 잠시 침묵이 흐른 뒤, 누가 먼저랄 것도 없이 모두 키득키득 웃어 댔다. 나중에는 복태 오빠까지 얼굴이 빨개지도록 웃었다. 그렇게 웃긴 일도 아닌데, 우리는 광대뼈가 얼얼해질 때까지 웃어 버렸다.

"그럼 이제, 다시 시작하면 되는 거야?"

계서 아줌마가 소리쳤다.

"우리한테 언제 운 따랐던 적 있어? 그냥 하는 거지, 뭐."

맹수 아저씨가 즐거운 표정으로 말했다.

"좋았어. 그럼 이번 주부터는 일주일에 세 번씩 합주야. 중딩 꼬맹이들 보충도 오늘로 끝났겠다, 당분간 하드 트레이닝이다."

계서 아줌마가 또 한 번 우렁차게 외쳤다.

"나도 이제 한가해."

맹수 아저씨가 배시시 웃었다.

"아저씨는 원래 좀 한가하지 않나?"

복태 오빠가 아저씨를 놀렸다.

"아니, 이제 완전 한가해. 파라다이스, 팔았거든."

"뭐라고요?"

우리는 깜짝 놀라 동시에 한목소리로 물었다.

"이 가게, 아버지한테 물려받은 건데 명의는 형 이름으로 되어 있었거든. 근데 형 사업이 잘 안 된다지 뭐야. 그래서 오늘 도장 찍었어. 이 자리에 이제 삼겹살 가게 들어온대. 떡 삼겹살. 삼겹살을 상추 대신 떡에다가 싸 먹는 건데 되게 맛있다더라. 나 한 번도 못 먹어 봤는데. 나중에 우리 여기서 회식하자. 그나저나 이제 앞으로 어떻게 먹고살지? 직장 같은 데는 한 번도 안 다녀 봤는데."

안 좋은 일은 늘 한꺼번에 일어난다. 기대했던 촬영은 취소되고 맹수 아저씨는 하루아침에 실업자가 되었다. 오빠는 아빠와 다투고 집을 나갔다. 아빠는 엄마가 돌아가신 뒤 한 번도 입에 대지 않던 술을 마셨다. 집에 돌아갔을 때 식탁 위에는 빈 소주병과 김치 통이 덩그러니 놓여 있었다. 그리고 그날 밤, 오빠는 집으로 돌아오지 않았다.

8. 밴드를 그만두라고?

내 나이 열여섯. 나에겐 꿈이 없다.

간혹 어른들이 묻는다.

"나중에 커서 뭐 되고 싶니?"

나는 이렇게 대답한다.

"연예인도 좋은데 저는 얼굴도 몸매도 그저 그렇고 끼가 없어서 안 될 것 같고요. 의사나 변호사 같은 직업도 좋은데 공부를 못해서 안 될 것 같아요. 그렇다고 너도나도 다 하는 공무원 시험 준비 같은 건 별로 하고 싶지 않고……. 작은 카페 같은 거 내면 어떨까 싶어요."

물론 대답은 그때그때 바뀐다. 임용 고시 봐서 교사를 하고 싶기도 하고 광고 회사 카피라이터도 재미있을 것 같다. 동물

사육사나 호텔 주방장도 좋겠다. 그날그날의 기분과 관심사에 따라 늘 바뀐다. 하지만 딱 이거라고 말할 수 있는 건 없다.

하고 싶은 것도 되고 싶은 것도 없다. 학교와 학원을 오가며 성적 신경 쓰고 집에서는 빈둥거리며 텔레비전을 보거나 인터넷으로 여기저기 돌아다니다 보면 하루는 후딱 지나간다. 어떤 때는 단 한 번도 웃지 않고 넘어가는 날도 있다. 아무런 생각 없이 시간을 흘려보내는 때도 많다.

어른들은 말한다. 꿈 많은 청소년기라고. 그런가? 나는 꿈이 없는데? 다른 애들은 어떤 꿈을 꾸고 있을까. 간혹 텔레비전에 어릴 때부터 발레나 피아노, 피겨 스케이팅 같은 분야에서 두각을 나타내고 꿈을 키워 성공하는 애들이 나오기도 하지만 그거야 매우 특별한 경우라는 것쯤, 나도 알고 있다. 나처럼 평범한 애들은 그저 공부나 열심히 하는 게 최선일 거다. 누가 뭐라 해도 우리나라에서 가장 중요한 건 대학 간판이기 때문이다. 취직을 할 때도, 결혼을 할 때도 단 하나의 기준만이 존재한다. 그러니 꿈 따위, 꾼들 무슨 소용인가. 애초에 달성하지 못할 거라면 조용히 시키는 대로 공부나 하는 게 낫다. 나는 꿈꾸는 법을 잊었다.

어느 날 모두 잠든 새벽, 오빠가 집에 다녀갔다. 며칠 여행을 다녀오겠다는, 걱정하지 말라는 쪽지를 남기고는 옷가지와 휴대 전화 따위를 챙겨 갔다. 아침에 일어나 쪽지를 본 아빠는 한동안 말없이 앉아만 있더니 곧 큰 결심이라도 한 듯 내게 말했다.

"란, 너 밴드 그만둬라."

"응?"

"밴드 그만두라고. 앞으로는 아빠가 시키는 대로만 해. 다 그만두고 공부해서 성적 올려. 지금 니 성적으로는 서울에 있는 4년제 대학 가기도 힘들어. 내년부턴 고등학생이야. 지금부터 준비해야지. 여태껏 놀았으니 됐어. 이제 그만해."

아침인데도 아빠가 입을 벌릴 때마다 술 냄새가 났다.

"나는 이제 아들 하나 없는 셈 칠 거다. 나한테는 란이 너만 남았어. 너라도 번듯하게 키울 거야. 그러니까 너는 아빠 말만 들어. 아빠 말만 들어."

아빠가 고집부리는 아이처럼 했던 말을 자꾸 반복했다.

오빠와 그 일이 있은 뒤 아빠는 휴가를 내고 집에서 술만 마셔 댔다. 낯선 아빠의 모습에 처음엔 놀라고 걱정도 되었지만 슬슬 짜증이 나기 시작했다.

"아빠, 정신이 어떻게 됐어? 왜 자꾸 그래. 진짜 짜증 나."

나는 한바탕 소리를 지르고 집을 나와 버렸다. 안 그래도 오늘은 합주가 있는 날이다. 내 발걸음은 자연스레 합주실로 향했다.

"란, 왔어?"

맹수 아저씨가 먼저 와서 악기 세팅을 하고 있었다.

"란, 무슨 일 있어? 얼굴이 왜 이렇게 안 좋아?"

맹수 아저씨가 걱정스레 물었다.

"그냥 좀 더워서요."

일부러 손부채를 했다.

"아무도 안 왔는데 우리끼리 음료수 사 먹자."

아저씨가 호들갑을 떨며 호주머니를 뒤지더니 내 손바닥에 동전 한 움큼을 주었다.

"난 뽕 가는 스웨트로다가!"

"하나도 안 웃겨요."

괜히 퉁명스럽게 대답했다. 아저씨가 주문한 이온 음료 두 개를 뽑아 들고 합주실로 돌아갔다. 다른 멤버들은 아직 도착하지 않았다. 아저씨는 기타로 멜로디를 튕기고 있다. 코드가 단순한 것이 암만 봐도 아저씨가 쓴 신곡인 것 같다. 나도 모르게 미간이 찌푸려졌다. 보나마나 나한테 들어 보라고 할 것이 뻔하다. 아저씨는 좋지만, 아저씨 노래는 싫다.

"란아, 내 신곡 들어 볼래?"

그럴 줄 알았다.

"안 들으면 안 돼요?"

아저씨가 시무룩한 표정을 지었다. 마음이 약해진다.

"알았어요. 해 보세요."

딸깍, 캔 뚜껑을 따고 한 모금 들이켰다.

"히히, 흠흠. 잘 들어 봐."

아저씨가 목청을 가다듬고는 노래를 시작했다.

흰 빨래는 희게 빨고
검은 빨랜 검게 빨자.
야~ 야~ 빨래박사아~

아저씨가 연주와 노래를 멈췄다.
"끝이에요?"
"응."
"아."
"왜? 이상해?"
"약간요."
"좀 그런가? 하긴 내 음악이 좀 실험적이긴 하지."
"그렇죠, 뭐."
대충 대답했다. 그러나 짜증이 심하게 일었다.
"란, 나 블로그 만들었다."
"왜요?"
"내가 만든 곡들 올리려고. 예전엔 그냥 곡 쓰는 게 좋기만 했는데 이제 너희들 말고 다른 사람들에게도 들려주고 싶다는 생각이 들더라. 어차피 너희는 계서랑 복태가 만든 곡만 좋다고 하고 내 곡은 싫어하잖아."
그럼 그동안 우리가 싫어하는 줄 알면서도 억지로 들려줬단 말인가. 아, 배신감.

"아, 아니에요. 아저씨 곡도 좋아요."

나는 예의 바른 청소년이다.

"넌 정말 착한 애야. 내 곡이 훌륭하지 않다는 것쯤은 나도 알고 있어. 그래도 나는 곡 쓰는 게 좋은걸. 그리고 언젠가는 내 음악 세계를 이해해 주는 사람이 분명히 나타날 거라고 믿어. 그때까지 나는 포기하지 않을 거야."

아저씨가 눈을 부릅뜨고 주먹까지 꽉 쥐며 다짐을 했다.

'아저씨, 그냥 포기하세요.'

나는 마음속으로 간절히 빌었다.

얼마 전 합주 뒤풀이로 다 함께 한강 둔치에 간 적이 있다. 달이 비친 강을 바라보며 치킨 세 마리를 뜯었다. 그 사이 모기는 우리들을 뜯었다. 여름의 낭만적인 기운이 우리를 덮쳤던 걸까. 우리는 돌아가며 노래를 불렀다.

"내가 철들어 간다는 것이 제 한 몸의 평안을 위해 세상에 적당히 길드는 거라면 내 결코 철들지 않겠다……."

맹수 아저씨가 나오지도 않는 목소리를 쥐어짜 팔까지 흔들어 대며 열창을 하는데 계서 아줌마가 톡 끼어들었다.

"맹수야, 너는 그 노래 부르면 안 돼. 그 노래는 세상의 부조리에 타협하지 않고 끝까지 싸우겠다는 청춘들의 비장한 다짐을 담은 거잖아. 너는 그냥, 철들어."

"싫어. 철 안 들 거야. 나는 꿈을 꾸고 살 거라고."

벌게진 얼굴로 맹수 아저씨가 배시시 웃었다.

"너는 꿈을 꾸는 게 아니라 현실을 도피하고 있다고."

약간 취했는지 살짝 말린 혀로 아줌마가 말했다.

"그게 무슨 소리야?"

아저씨가 못 알아듣겠다며 귀에 손을 갖다 댔다.

"됐다. 도련님이 뭘 알겠냐?"

아줌마가 손을 내저었다.

"나도 힘들게 일하고 있어."

"문 열고 닫을 때 모가지 좀 뻐근한 거? 알바생한테 줄 월급 계산할 때 머리 아픈 거? 맹수야, 그런 건 힘들다고 하는 게 아니야. 너 같은 인생을 두고 우리는 상팔자라고 한단다."

계서 아줌마가 아저씨 머리를 손가락으로 슬쩍 밀었다.

"씨, 너 말 다 했어?"

"응. 다 했어. 이제 그만 일어나자. 우리 어린이들 잠잘 시간이다."

파라다이스에서 공연할 때 아저씨 친구라는 사람들이 여럿 다녀갔다. 아저씨 말로는 모두 근사한 직장에 다니고 예쁜 부인에 귀여운 자식들까지 있단다. 친구들은 아직도 어영부영 세월만 보내는 아저씨를 보고 이제 정신 좀 차리라고 했다. 하지만 아저씬 그 자리에서도 절대 정신 안 차릴 거라고, 포기하지 않을 거라고 선언하듯 말했다. 그때도 계서 아줌마는 아저씨에게 일침을 가했다.

"책임지기 싫다는 말이지 뭐. 무서운 거잖아?"

계서 아줌마가 맹수 아저씨를 보고 왜 혀를 그리 끌끌 차는지 잘 모르겠다. 그나저나, 아저씨가 포기하지 않겠다는 그것의 정체는 대체 뭘까.

복태 오빠와 계서 아줌마가 합주실에 도착했다. 마지막으로 여유미까지 다 모였다. 으레 벌어지는 장난과 의미 없는 농담들이 오고 간 다음 본격적인 합주에 들어갔다. 오늘은 아줌마와 복태 오빠가 만든 새 곡 '나를 부르는 숲'을 처음 맞춰 보는 날이다.

4분의 3박자. 왈츠 리듬. 가볍게 퉁 탁 닥, 퉁 탁 닥, 퉁 탁 닥, 퉁 탁 닥. 그리고 미끄러지듯 들어오는 키보드의 멜로디. 바닥 분수에서 솟아오른 물줄기가 발바닥을 간질이는 듯하다. 잠시 뒤 베이스가 둥 둥 둥, 둥 둥 둥 저음을 받치고 쇳소리를 내며 기타가 지이잉 들어온다. 달콤하면서도 매콤하고 짜릿하면서도 부드러운 이중적인 느낌. 스르르 눈이 감긴다. 반복되는 왈츠 리듬에 몸이 나른해진다. 멜로디는 부드럽게 휘감는 크림, 베이스는 단단하게 크림을 지탱하는 틀, 빨간 체리처럼 포인트가 되는 기타. 이 모든 것이 어우러져 아주 맛있는 케이크가 만들어졌다. 귀에 들리는 멜로디와 피부로 느껴지는 리듬의 진동이 달콤한 생크림 케이크가 되어 내 앞에 놓인다. 나는 맛있게 입맛을 다신다.

쾅!

그때였다, 아빠가 합주실 문을 박차고 들어온 건. 아빠는 우리를 한 번 빙 둘러보더니 한 손으로 이마를 짚었다.

"맙소사."

음절 하나하나에 힘을 주어 또박또박 말을 하긴 했으나, 빨갛게 충혈된 눈과 비틀거리는 걸음, 결정적으로 풀풀 나는 술 냄새 탓에 아빠가 완전히 취한 상태란 것쯤, 모두가 알 수 있었다.

아빠는 내 팔목을 꽉 움켜쥐고는 밖으로 잡아끌었다. 그런 아빠를 제압한 것은 계서 아줌마였다. 자리에서 일어나 육중한 몸을 날려 두 팔로 아빠를 뒤에서 와락 끌어안았다.

"뭐야, 이 인간은!"

계서 아줌마는 힘껏 힘을 주어 아빠 허리를 꺾었다. 그러고는 빠른 동작으로 자세를 바꿔 아줌마의 특기인 헤드락을 걸었다. 아, 이종 격투기의 한 장면 같다. 아빠는 힘이 많이 드는지 작게 신음 소리를 토해 냈다.

"손 안 놔?"

계서 아줌마 얼굴이 점점 빨개졌다. 더불어 아빠 얼굴도 함께 달아올랐다. 아빠에게 팔목을 낚인 나 또한 마찬가지였다. 보다 못한 맹수 아저씨가 아빠 손아귀에서 내 팔을 잡아 뺐다. 그제야 계서 아줌마도 아빠 목에 감았던 팔을 풀었다. 우리는 좁은 합주실에서 다 함께 숨을 몰아쉬며 씩씩댔다. 놀람과 당황과 짜증이 밀려와 나는 아무 말도 할 수 없었다.

"당신 누구야, 엉?"

계서 아줌마가 열을 내며 아빠에게 큰소리를 쳤다. 이마에서 땀이 퐁퐁 솟아오르는 게 보였다. 아줌마 특기가 시작된 거다. 혼내기.

"당신 어디서 행패를 부리는 거야? 어디 혼 좀 더 나 볼래? 아니다. 맹수야, 경찰에 신고해."

계서 아줌마는 점점 열이 오르는지 손을 휘저어 가며 과격한 어휘를 써 댔다. 맹수 아저씨가 아줌마를 막고 나섰다.

"저기, 놀라셨을 텐데 여기 좀 앉으세요."

아저씨가 조그만 간이 의자를 아빠에게 건넸다.

"근데 정말 누구신가요?"

아저씨가 아빠를 빤히 보았다.

"저, 란이 아빱니다."

아빠가 또박또박하게 말했다.

순간 정적.

"저, 물부터 좀 드세요."

눈치 빠른 유미가 생수 병을 들고 왔다. 멤버들끼리 컵도 안 쓰고 대충 돌려 마시던 거다. 아빠는 생수 병을 들고 벌컥벌컥 마시다가 셔츠와 바지에 물을 쏟았다. 그러고는 민망한지 흘린 물을 손으로 대충 털어 내는 시늉을 했다.

"미안합니다만, 저는 당신들과는 할 애기가 별로 없습니다."

아빠가 내 손을 다시 잡아끌었다.

"아니. 그래도 그렇지. 남의 합주실에 함부로 들어오는 법이 어디 있답니까?"

계서 아줌마가 큰소리를 쳤다. 그러나 몸은 죄 지은 사람처럼 한껏 오그라뜨렸다.

"아이고, 아버님 성격 한번 급하십니다. 어떻게 된 일인지 찬찬히 설명해 주셔도 잘 알아들을 것 같은데요. 왜 이렇게 서두르세요."

맹수 아저씨가 미소를 지으며 차분하게 말했다.

"이보세요들, 란이는 대학을 목표로 공부하는 학생입니다. 저는 우리 아이에게 음악을 시킬 생각이 없습니다. 어린애 데리고 장난하는 것도 정도껏 하란 말입니다. 란이 말고 다른 애를 구해 보세요."

아빠가 단호하게 말한 뒤 내 눈을 보았다. 나는 고개를 돌렸다. 이렇게 쪽팔린 상황을 만들다니. 복태 오빠도 보고 있는데. 이게 웬 망신.

"아버님 말씀도 이해가 갑니다. 란이에겐 지금이 한창 중요한 때이긴 하지요. 그런데 란이 생각은 어떨까요. 란이가 밴드를 어떻게 생각하고 있는지, 얼마나 노래하는 걸 좋아하는지 한 번이라도 물어보셨나요?

맹수 아저씨가 나를 보며 씁쓰레한 미소를 지었다. 나는 고개를 숙였다.

"그래, 이란. 니가 얘기해 봐. 지금 니 얘기 하고 있는 거잖아.”

유미가 나를 똑바로 보고 말했다. 복태 오빠도 대답을 기다리듯 나를 바라보았다.

모든 사람들이 나를 빤히 보고 있다. 이건 뭐, 독립 선언서라도 낭독해야 할 것 같은 분위기다. 내 의견? 내 의견이야 간단하다. 아무 상관이 없다! 해도 좋고 안 해도 좋다. 어차피 우연히 시작한 밴드고 음악이 좋아 죽겠는 것도 아니다. 그저 심심풀이로 시작한 일이니 안 해도 그만인 것이다. 굳이 밴드를 해야 할 이유 같은 건 없다. 게다가 이렇게 아빠까지 나서서 반대를 하니 그냥 이쯤에서 그만두고 착실하게 학교 진도나 따라가는 게 나한테 이로울지 모른다.

나는 조용히 아빠 손을 잡았다. 그냥 그렇게 합주실을 나가 버릴 생각이었다. 이러쿵저러쿵 이야기 꺼내는 것도 귀찮고 어쭙잖게 석별의 정 따위 나누고 싶지도 않았다. 그저, 모든 것이 귀찮을 뿐이었다. 내 마음은 높은음자리처럼 밸밸 꼬여만 갔다.

두웅—.

그때 낮은 베이스 선율이 들렸다. 그리고 이어지는 화려한 테크닉의 베이스 연주. 복태 오빠였다. 베이스 리듬에 맞춰 계서 아줌마가 드럼을 얹었다. 한 번도 맞춰 보지 않은 상태에서 둘은 눈빛을 교환해 가며 어느새 리듬 라인을 만들어 냈다. 그러자 기타가 가세했다. 음 하나로 리듬을 타나 했더니 어느새 리프를 완성해 멜로디를 얹었다. 피식 웃으며 유미가 키보드에 손가락을 갖다 댔다. 방금 전까지 내 맘속에 가득했던 짜증과 당황과 체념이 거품 방울처럼 톡톡 터지며 사라졌다. 대신 음표가 하나둘씩 새롭게 생겨나 내 마음은 환희의 기운으로 점점 물들어갔다. 나도 모르게 아빠 손을 잡은 손가락을 까딱이며 리듬을 탔다. 아빠가 나를 물끄러미 바라보았다. 나는 아랑곳없이 멤버들이 만들어 내는 음악의 세상으로 후루룩 빠져들었다.

밴드를 할 것이냐, 말 것이냐. 그런 질문은 지금 내게 중요하지 않다. 나는 누구도 들어오지 못하는 먼 곳으로 여행을 하고 있다. 가장 기쁘고 편안한 그곳에는 오로지 수만 개의 음표만 떠다닌다. 나는 잠자리채를 들고 하늘을 날아다니며 음표들을 따 먹는다. 어떤 건 달고, 어떤 건 좀 시다. 즙이 쭉 나오는 것도 있고 식빵처럼 포근한 것도 있다. 강아지처럼 나를 졸졸 쫓아다니는 것이 있는가 하면, 물수제비처럼 톡톡 튀는 것들도 있다.

정신을 차리고 눈을 떴을 때 내 손은 비어 있었다. 아빠는 이미 합주실에서 나가고 없었다. 유미가 다가와 내 허리를 꼭 안았다. 복태 오빠는 말없이 머리를 쓰다듬었다. 어떻게 된 일인지 영문을 알 수 없다. 어쩌면 난 내 생각보다 음악에 더욱 깊이 빠져 있는지도 모른다. 갑자기 소름이 돋았다. 백 미터 달리기를 앞두고 선 출발선에서처럼 말이다.

9. 오빠가 돌아오다

정지민과 집을 나간 오빠는 일주일째 안 돌아오고 있다. 개학도 며칠 안 남았는데. 나는 은근히 걱정이 되면서 한편으로는 영영 돌아오지 않길 바랐다. 오빠가 돌아오면 성가신 문제들이 더 늘어날 것 같았기 때문이다.

오빠는 정지민과 전국을 걸어서 여행하고 있다고 했다. 팔도 성하지 않은데 이 더운 날씨에 웬 사서 고생. 그리고 집을 나갔으면 연락 두절은 기본 예의일 텐데, 오빠는 하루에 한 번씩 아빠와 나에게 문자를 보낸다. 행선지와 잘 있다는 말, 그리고 자신의 모습을 담은 사진을 첨부한 짧은 메시지. 어쩌면 그것으로 아빠와 나는 둘 다 안심을 하고 있었는지도 모른다. 별일 없을 거라고, 다 큰 남자애니까 무사히 돌아올 거라고.

그래서였을까. 오늘 아침, 경찰서에서 오빠를 찾는 전화가 왔을 때, 우리는 예상치 못한 일에 놀랄 수밖에 없었다. 아빠는 전화를 끊자마자 그 자리에 털썩 주저앉았다. 잠시 뒤 아빠는 침착하게 지갑을 챙겨 들고 경찰서로 향했다. 나는 집에서 혼자 안절부절못했다. 별별 생각이 다 들었다. 오빠가 경찰서에 간 이유는 무엇일까. 도대체 무엇을 잘못한 걸까. 그리고, 정지민은?

저녁때가 다 되어서야 아빠와 오빠가 집으로 돌아왔다. 먼저 문을 열고 들어온 아빠는 녹즙을 다 짜내고 남은 야채처럼 진이 다 빠진 모습이었다. 대충 구두를 벗어 던지고는 안방으로 쑥 들어가 버렸다. 오빠는 흉측한 몰골로 한동안 현관에 멀뚱하게 서 있었다. 아주 짧게 깎은 머리에 새까만 피부. 몸은 홀쭉하게 말라 있고 군데군데 상처 딱지까지 앉았다. 노숙자라고 해도 믿을 만큼 행색이 형편없었다.

오빠는 아빠가 벗어 던진 구두를 가지런히 챙기고는 고개를 들었다. 그러곤 나를 보고 씩 웃었다. 검게 탄 피부 때문에 흰 이가 유난히 도드라져 보였다. 오빠를 보자 그동안 걱정했던 마음과 반가운 마음, 그리고 미움이 동시에 일었다. 작은 심장 하나에서 어떻게 이렇게 많은 감정들이 한꺼번에 솟아날 수 있는지, 잠시 궁금했다.

"뭐야, 바닥 더러워지니까 발부터 씻어."

나는 오빠 가방을 받아 들며 말했다.

"사흘 동안 안 닦은 초강력 발 냄새 한번 맡아 볼래?"

오빠가 내 머리를 헝클어뜨렸다. 오빠를 올려다봤다. 고작 열흘 못 봤을 뿐인데 그동안 오빠는 조금 변해 있었다. 키가 좀 자란 건가, 살이 빠져서 그런가. 장난기는 여전한데 무언가 풍기는 기운이 달라졌다.

집으로 돌아온 오빠는 방으로 들어가 내 잠만 잤다. 밥때가 되어도 나올 생각을 않고 계속 잤다. 마법에라도 걸린 듯, 아니면 잠으로 모든 나쁜 기운을 벗겨 내기라도 하려는 듯 오빤 자기 방에서 나올 줄을 몰랐다. 오빠 방 근처를 어슬렁거리다 잠신이 옮겨 붙은 걸까. 나도 이내 잠이 들었다.

꿈속에서 오빠를 만났다. 오빠는 도심 한복판에서 거대한 킹콩과 레슬링을 하고 있었다. 이상하게도 오빠의 몸집은 킹콩만큼 커져 있었다. 나는 가장 높은 빌딩 옥상에 올라가 둘이 싸우는 걸 지켜보았다. 킹콩이 오빠 가슴을 두 손으로 밀쳐 오빠가 뒤로 나뒹굴었다. 곧이어 일어난 오빠가 킹콩에게 니킥을 날렸다. 그런 다음 손가락으로 눈을 찔렀다. 킹콩은 눈에서 피를 흘리며 괴성을 질렀다. 킹콩이 아무렇게나 휘두른 팔에 오빠는 머리를 맞고 엎어졌다. 다시 일어난 오빠가 옆차기로 킹콩의 얼굴을 강타했다. 킹콩은 울부짖다가 펑 하고 연기를 뿜으며 사라졌다. 나는 오빠를 향해 있는 힘껏 박수를 쳤다. 오빠가 나를 보고 씩 웃으며 브이를 날렸다. 그러나 곧 킹콩이 다시 나타났다. 처음엔 한 마리였던 킹콩이 둘, 셋, 넷……. 어마

어마한 숫자가 되어 온 도시를 뒤덮었다. 오빠는 킹콩 더미에 눌려 보이지도 않았다. 나는 발을 동동 구르며 주위 사람들에게 도움을 청하려 했지만 목소리가 도저히 나오지 않았다. 그때 킹콩의 얼굴이 하나둘씩 아빠 얼굴로 변해 갔다. 순식간에 아빠 얼굴이 온 세상에 가득 찼다. 나는 온몸이 새까맣게 타 버리는 것 같았다.

잠에서 깨니 오전 열 시. 창문을 열었다. 햇살이 날카롭게 방 안으로 침투해 들어온다. 눈을 비비며 거실로 나갔다. 오빠와 아빠가 말씨름을 하고 있었다.

"아빠, 제가 알아서 할게요."

오빠가 무척 곤란한 표정을 지었다.

"아니야. 이 방법밖에 없겠어. 아빠가 서류 준비는 다 할 테니 너는 그렇게 알고 있어라."

아빠도 단호했다.

"왜? 무슨 일이야?"

나는 어기적거리며 걸어가 둘 사이에 섰다.

"락이 전학시키려고."

"엥? 전학? 오빠 내년에 고3이잖아."

"그러니까. 이렇게 중요한 때 계속 정신이 나가 있으니 말이다. 전학이라도 시켜서 나쁜 친구들이랑 어울리지 못하게 해야지. 앞으로는 너희 둘 다 아빠가 시키는 대로 해."

아빠가 식탁을 손바닥으로 가볍게 내리쳤다.

"아빠, 아들 하나 없는 셈 친다면서? 근데 왜 오빠한테 신경 써?"

나는 일부러 얄밉게 말했다.

"이란. 너 그런 식으로 자꾸 말할래?"

"내가 뭘 어쨌다고?"

아빠는 내 말은 들은 체도 않고 방으로 들어가 버렸다.

"처음엔 무시, 그다음엔 정신 병원 혹은 굿 권유, 그리고 전학 종용. 부모가 게이 자식에게 협박하는 순서래. 우리 아빠, 공식에서 하나도 안 벗어나시는데?"

오빠가 씩 웃으며 혼잣말하듯 내게 말했다.

갑자기 가슴이 답답해져 왔다. 또다시 시작된 이 음습한 집안 분위기. 오빠가 집으로 돌아오자 집엔 악취가 가득하다. 아빠는 점점 이상한 사람이 되어 가고 있다. 단정적인 말투에 명령만 한다. 무조건 자기 말만 들으라는 무식한 소리를 해 댄다.

대충 씻고 밖으로 나왔다. 오늘은 합주가 있는 날이다. 햇살이 정수리에 곧게 떨어진다. 자외선은 피부뿐 아니라 머릿결에도 안 좋다고 하던데. 은근히 신경 쓰인다. 합주 시간인 정오가 되려면 십 분이나 남았다. 근처 편의점에서 녹차 캔을 사 가로수 그늘 아래로 들어갔다. 찬 음료를 마시니 더위도 조금 가시는 듯하다. 멀리서 베이스를 멘 복태 오빠가 걸어오는 게 보인다. 반가워서 힘차게 손을 흔들었다. 복태 오빠는 나를 본 건지 못 본 건지 똑같이 느릿느릿한 속도로 어슬렁어슬렁 걸어 내 앞으로 왔다.

"안 들어가고 여기서 뭐 해?"

여느 때처럼 차가운 말투. 힘차게 흔들어 댄 내 손이 다 부끄러울 지경이다. 복태 오빠는 정말 이상하다. 어떤 때는 되게 친한 것처럼 굴다가도 바로 다음 날엔 언제 그랬냐는 듯이 모른 척하기 일쑤다. 도대체 무엇이 오빠의 본모습인지 분간하기가 힘들다. 그냥 신경을 쓰지 말고 살아야지. 자꾸 말을 섞다 보니 상처받는 일만 늘어난다.

"그냥 혼자 들어가 있기 뭐해서요."

나도 성의 없이 대답했다.

"그래?"

복태 오빠는 그렇게 대답하고선 내 옆에 계속 서 있었다.

"왜요? 뭐 할 말 있어요?"

"아니. 그냥."

"근데 왜 여기 있어요?"

"너희 오빠 돌아왔지?"

어떻게 알았지? 나는 깜짝 놀랐다.

"아, 지민이한테 들었어. 너희 오빠가 이락이라며? 지민이가 나한테 란이 너 좀 잘 보살펴 주라고 그러더라."

"참 내, 자기가 뭐라고 그런 부탁을 해요?"

기분이 나빴다.

"너한테 미안하대. 락이가 경찰서 간 건 다 자기 때문이라며…….”

경찰서? 귀가 쫑긋해졌다. 그러고 보니 나는 아직까지 오빠가 왜 경찰서에 다녀왔는지도 모르고 있었다. 그저 집안 분위기가 또다시 어수선해져서 거기에만 신경을 쏟고 있었다. 그래, 오빠는 어쩌다 경찰서에 가게 된 걸까.

“근데, 우리 오빠는 경찰서에서 뭐 했대요?”

최대한 아무렇지도 않은 척 물었다.

“락이가 지민이 집에 데려다 주다가 그 자식들 만났잖아. 너 모르냐?”

“누구요?”

“지난번에 지민이 때렸던 자식들 말이야. 그 자식들 내 손에 잡혔으면 완전 죽음인데. 락이가 어떻게든 문제 안 일으키려고 그냥 지나가면 지들도 알아서 자제를 해야지. 왜 먼저 시비를 걸어? 그래 놓고 지가 혼자 나뒹굴다가 다치고선 왜 락이한테 뒤집어씌우냐고! 머리통 살짝 까져서 피 조금 난 걸로 신고를 하다니, 치사한 자식들……. 근데 너, 모르고 있었냐?”

“아, 아니요. 알죠.”

나는 대충 얼버무렸다.

“아무튼, 지민이가 락이랑 너 걱정 많이 하더라. 너희 아버지가 너 밴드 그만두라고 한 것도 다 자기 때문이라면서 죄책감에 시달리고 있어.”

“왜 그런 걸 자기가 걱정해요? 우리랑 아무 상관없는 사람인데. 그리고 언제는 자기가 게이라는 게 부끄럽지 않다면서요? 그렇게 미안하면, 이제 게이 안 한대요?"

"인마, 무슨 말을 그렇게 하냐? 니가 지민이에 대해서 뭘 안다고 그렇게 함부로 말하냐? 오빠 때문에 니가 신경 곤두서 있는 건 알겠는데, 지민이 좋은 놈이야. 야, 솔직히 너희 오빠에 비하면 지민이가 아까워."

"어휴, 징그러. 남자끼리 두고 무슨 말을 하는 거예요?"

성이 나 한참을 씩씩댔다. 말없이 곁에 있던 복태 오빠가 내 손에서 녹차 캔을 빼앗았다. 딴에는 화해의 제스처다.

"그나저나 너는 괜찮은 거야?"

"뭐가요?"

"탈퇴, 안 하는 거지?"

복태 오빠는 남은 녹차를 꿀꺽꿀꺽 다 마시고는 캔을 빠지직 구겼다.

아빠가 합주실에 쳐들어온 이후, 나는 아빠와 제대로 된 대화를 나누지 않는다. 그저 의례적인 인사만 할 뿐. 안녕히 주무셨어요, 식사하세요, 다녀올게요, 다녀왔습니다, 안녕히 주무세요. 신기하게도, 이 정도의 대화만으로도 한집에서 사는 데 아무런 불편함이 없다.

어쨌든, 나는 아빠의 의사와는 달리 밴드를 계속하고 있다. 아빠가 너무 강하게 반대를 하는 통에 마음속이 괜히 부글거려 당분간 삐딱하게 나갈 생각이다. 그리고 어떤 방식으로 내 인생이 흘러가든, 그곳에는 늘 음악이 함께했으면 좋겠다는 생각을 할 뿐이다. 물론, 아직까지 구체적인 방법은 모른다. 모든 게 막막하다. 좋아하는 게 비로소 하나 생기긴 했지만 어떻게 풀어내야 할지 막연하다. 그 방법까지 고안해 내기에 나는 아직 모르는 게 너무 많다.

"란아, 아버지 잘 설득해 봐."

복태 오빠가 갑자기 부드럽게 말했다.

"오빠가 무슨 상관이에요?"

나는 괜히 눈을 흘겼다.

"지난번 첫 공연 때, 너 뭔가 느꼈지? 그리고 얼마 전 너희 아버지 오셨을 때도. 맞지? 아무에게나 그런 필이 오는 게 아니야. 그건 특별한 재능이라고. 재능을 썩히지 마. 그리고 너, 노래만 할 게 아니라 작곡 공부도 해 봐. 기초는 내가 도와줄 수 있어."

"그러는 오빠는요? 왜 동네 밴드에서 이러고 있어요? 여기저기 기획사에서 연락 오는 거 다 알아요. 오빠야말로 왜 재능을 낭비해요?"

나도 지지 않고 대들었다.

"그거야, 뭐. 야, 거기가 뭐 장난하는 덴 줄 알아? 얼마나 많은 애들이 경쟁을 하는데. 괜히 바보 취급만 받는다고."

"피, 결국 겁난다는 거잖아."

"뭐, 뭐야?"

복태 오빠가 얼굴을 붉혔다. 귀 끝까지 새빨개졌다. 나는 순간 움찔했다. 처음 보는 오빠의 굳은 얼굴.

사실 복태 오빠에겐 기획사에 대한 안 좋은 기억이 있다. 초등학교 때 복태 오빠는 잘나간다는 한 기획사의 연습생으로 있었다. 연습은 혹독했고 검증은 늘 경쟁을 통해서였다. 그 과정에서 복태 오빠는 떨거지가 되었다. 그 뒤로 복태 오빠는 아이돌이라면 이를 박박 갈고 밴드 음악으로 완전히 전향. 그 뒤부터 베이스 죽도록 연습하여 이 자리에까지 오게 된 거였다.

"안 들어가고 뭐 해? 너희 연애하냐?"

기타를 멘 맹수 아저씨가 어슬렁거리며 다가와 어색한 분위기를 깼다. 땀 냄새가 확 끼쳤다.

"아저씨, 샤워 좀 하고 다녀요!"

나는 괜히 아저씨한테 툴툴대고는 쿵쾅거리며 합주실 계단으로 내려갔다.

"나, 냄새 많이 나냐?"

아저씨가 뒤따라오며 티셔츠를 잡아끌어 자기 코에 댔다.

"나 새벽에 인력 시장 갔었다. 새벽 여섯 시부터 벽돌 나르는데 나 완전 죽는 줄 알았잖아. 군대도 안 다녀와서 그렇게 힘든 일은 처음 해 본 거였거든. 아주 땀으로 샤워를 했다니까. 야, 이거 봐. 등 완전 하얗지? 이게 다 내 몸에서 나온 소금이야. 혹시 삶은 계란이나 찐 감자 있는 사람?"

"근데 일 안 하고 여긴 왜 왔냐?"

계서 아줌마가 드럼 스틱으로 아저씨 머리를 톡 치며 들어왔다.

"어, 계서야. 진짜 너무 힘들더라고. 너도 한번 해 봐. 한 번에 벽돌 백 장씩 나르는데, 등이 반으로 쫙 쪼개지는 줄 알았다니까."

"그래서 중간에 도망 나온 거냐?"

"도망은 무슨, 조퇴라는 정식 명칭을 놔두고."

아저씨가 배시시 웃었다.

"넌 도대체 언제 철들래? 모아 놓은 돈도 없다며? 나잇살이나 처먹고선 왜 만날 이 모양이냐? 착하기만 하면 뭐 해. 이맹수, 어른이 좀 되어라. 지 몸뚱이 하나쯤은 건사할 수 있어야 그게 어른이지. 그리고 엄살 좀 부리지 마. 그거 받아 줄 사람 아무도 없으니까. 이제 스스로 앞가림은 좀 하고 살자. 다른 사람들처럼. 으이그, 화상아."

계서 아줌마가 거침없이 쏟아 냈다. 맹수 아저씨는 고개를 푹 숙였다.

"나라고 뭐, 이렇게 살고 싶어서 사니? 나도 속상하다고. 근데 어떡해. 할 줄 아는 게 하나도 없는데. 늘 부모님한테 의지하며 살았어. 근데 이제 와서 나보고 어떡하라고."

아저씨가 중얼거렸다.

"맹수야, 그게 자랑이냐. 니 나이 서른다섯이야. 어른이 되기엔 이미 지나치게 충분한 나이다. 울지 말고 일어나 피리라도 불면서 열심히 좀 살아 봐. 이 웬수야."

계서 아줌마가 맹수 아저씨 어깨를 툭 쳤다. 그러고는 씩 미소를 지었다.

"이 누나가 좀 도와주랴?"

어른이 된다는 건 뭘까. 계서 아줌마 말대로 내 몸 하나 제대로 건사할 수 있으면 어른이 되는 걸까. 한 해 한 해 나이를 먹고 몸이 커지면 저절로 어른이 되는 거라고 생각했다. 시간이 흘러 학교를 졸업하고 적당한 취직자리를 잡고 돈을 벌다가 적당한 남자 만나 결혼하고 아이를 낳고……. 그렇게 살다 보면 어른도 되고 부모도 되고 저절로 인생이 흘러가는 건 줄 알았다.

그런데 시간이 흐른다고 모든 것이 해결되지는 않나 보다. 그때그때 선택하고 결정해야 할 일들이 너무나 많다. 참아 내고 이겨 내고 고통을 감내해야 하는 부분들이 너무 많다. 한숨 자고 일어나면 한 서른 살쯤 되어 있었으면 좋겠다. 그때쯤이면 인생의 고민들은 대부분 해결되어 있지 않을까. 빨리 서른 살이 되고 싶다.

10. 끔찍한 개학날

개학날이다. 오랜만에 교복을 빨아 다려 입고 집을 나섰다. 이른 아침부터 매미 우는 소리가 귀에 꽂힌다. 맴맴맴맴, 맴 매앰 맴맴, 매애애애애앰 매애애애애애앰. 32분음표로만 만들어진 음악을 듣는 것 같다.

집에서 버스 정류장까지 가는 시간은 걸어서 십오 분. 이마에 몽글몽글 땀이 맺힌다. 가방 끈 아래 겨드랑이에도 땀이 찬다. 팔을 들어 킁킁 코를 갖다 댄다. 냄새는 안 난다. 정류장에는 등교를 하려는 학생들로 가득하다. 대부분 우리 학교 애들과 옆 남자 고등학교 애들이다. 티를 내진 않지만 서로를 엄청 의식하고 있다. 하나도 신경 안 쓴 것 같은 단발머리에 얼마나 많은 공이 들어갔는지 남자애들은 모를 것이다.

왜 늘 한쪽 머리는 뻗치는 걸까. 항상 왼쪽 머리만 비죽 솟아난다. 감당하기 힘든 엇박자. 그걸 드라이어로 펴는 데만 십 분이 걸린다. 그렇다고 특정한 누구에게 잘 보이고 싶은 것은 아니다. 그저, 왼쪽으로 뻗친 머리를 정리하고 나서지 않으면 하루 종일 머리카락 생각밖에 나지 않는다. 얼굴에 여드름은 왜 자꾸 나는지. 턱에 하나 났다가 사라지면 빰에 또 하나. 릴레이 하는 것도 아니고. 가장 싫은 건 코 밑에 나는 거. 정말 죽어 버리고 싶다.

어, 버스 왔다. 우르르 아이들이 몰린다. 남자애들, 여자애들 할 것 없이 밀치고 밀리느라 정신이 없다. 몇몇은 뒷문으로 타기도 한다. 몸이 닿으면서 서로의 땀도 밀린다. 다음 차를 탈까 잠시 고민하다 그냥 타기로 했다. 등교 시간이 간당간당하다. 그런 생각으로 모두들 인상을 찡그린 채 꾸역꾸역 차에 담긴다.

흔들리는 차 안에서 어, 누가 발을 밟는다. 씨, 오늘 하얀색 스니커즈 신고 나왔는데. 고개를 들어 발 밟은 임자를 쳐다본다. 남자애가 아무것도 모른다는 듯이 시치미를 뚝 떼고 서 있다. 이 씨, 못생겨 가지고. 아침부터 왕재수다.

교실 안은 시끄럽다. 무슨 할 말들이 그리 많은지 여기저기 모여 앉아 이야기꽃을 피우고 있다. 그나저나 내 자리가 어디였더라. 애들이 섞여 앉아 있는 통에 원래 내 자리를 찾지 못하겠다. 어차피 뒤죽박죽 앉은 거, 에라 모르겠다. 내 멋대로 제일 뒷자리에 자리를 잡았다. 애들 떠드는 소리에 귀가 울린다. 머리에 쾅쾅 못을 박아 대는 것 같다. 이어폰을 귀에 꽂았다. 레드 핫 칠리 페퍼스가 귓속으로 파고든다. 껄렁껄렁한 발음, 경쾌한 음성, 리드미컬한 연주. 발가락이 나도 모르는 새 박자를 맞추고 있다.

교실을 둘러본다. 거울 앞에서 머리 빗는 애, 자리에 앉아 화장 고치는 애, 책상에 올라 앉아 한참을 떠드는 애도 있다. 칠판으로 나가 낙서를 하는 애도 있고 자기 자리에서 엎어져 자는 애도 있다. 물론 이 와중에도 앞자리에 앉아 문제집을 풀고 있는 애들도 있다.

발그레하고 부들부들한 피부에 만질만질한 머릿결, 봉긋하게 솟은 가슴과 매끈한 다리. 청소년. 아이도 아니고 어른도 아닌 어중간한 상태. 몸은 어른에 가깝지만 정신은 아이에 더 가까운. 어리광을 부리지도 어른 흉내를 내지도 못하는 우리들. 어정쩡한 중간자.

어른들은 우리를 보고 앞으로 무엇이든 될 수 있다고 한다. 하지만 우리가 성적으로 등급이 매겨지고 있다는 것쯤은 이미 알고 있다. 뜀틀 전교 1등, 요리 전교 1등, 바둑 전교 1등…… 다 필요 없다. 1등부터 꼴등까지 그저 점수대로 평가받는다. 영어, 수학 점수에 따라 인격까지 순위가 매겨진다. 다른 건 아무 소용없다.

어른들만이 아니다. 우리끼리도 서로를 그렇게 평가하고 철저히 계산적으로 접근한다. 쟤는 공부를 잘하니까 친하고 싶어, 좀 깍쟁이 같긴 하지만 나한테 이로운 점도 많을 거야. 쟤는 착하긴 한데 공부를 못해서 싫어, 왠지 미련해 보이잖아. 저런 애랑 친해 봤자 나에게 득이 될 건 하나도 없을 거야. 생각하면 할수록 교실 안은 검은 안개가 자욱하게 낀 것처럼 답답하기만 하다.

나는 자라서 무엇이 될까. 아주 어릴 때는 위인전에 나오는 사람이 되고 싶었다. 유관순이나 나폴레옹, 에디슨, 링컨처럼 훌륭한 위인. 딱히 과학자나 예술가가 되고 싶은 게 아니라, 무작정 위인 말이다. 왜 그런 생각을 하게 되었는지는 모르겠지만, 남보다 빼어난 사람이 되어야 한다고 어른들은 늘 말했다. 다른 사람보다 훌륭하고 재능도 많고 뛰어난 사람. 지금은, 잘 모르겠다. 나는 이미 외모나 공부로는 날 샜다. 아빠는 아직까지도 공부 열심히 해서 약사나 교사가 되라고 하는데, 그런 거 하고 싶은 생각 없을뿐더러 사실, 성적이 안 된다. 중3쯤 되면, 자기 수준이 대충 어느 정도인지 안다. 이를 악물고 있는 힘껏 공부에 매진을 해도 넘어야 할 산은 많다. 이미, 내가 갈 수 있는 대학의 수준은 정해졌다. 여기에서 더 떨어지지만 않으면 다행.

시시하다. 내 인생 이제 고작 십육 년 지났는데. 남은 인생, 다 결정된 것만 같다. 상위 오 퍼센트를 빛나게 해 주기 위한 나머지들. 나는 그렇게 살고 싶지 않다. 나도 내 인생의 주인공이고 싶다. 하지만 어떻게? 무슨 방법이 있을까? 누구에게 물어보면 답을 줄까? 선생님은 알까, 아빠는 알까? 그 누구에게 물어도 어차피 답 같은 거 안 나온다는 것도 알고 있다. 왜냐면, 그들도 모르니까.

오빠의 일을 겪으며 나는 더 이상 아빠의 울타리가 안전하지 않다는 것을 알게 되었다. 아무리 아빠가 해결하려고 해도, 오빠가 게이인 것을 막을 수는 없었다. 아빠의 울타리란 아빠가 알고 있는 세상 안에서만 유용하다. 더 큰 세상, 다른 세상에서는 오히려 거추장스러울 뿐. 오빠가 아빠의 세상과 다른 세상에서 살게 되자마자, 아빠의 울타리는 스르르 허물어져 버렸다. 이제 나도 아빠의 울타리를 벗어나야 한다.

복태 오빠가 나에게 음악적인 재능이 있다고 한 말, 그건 진심이었을까? 진짜로 내게 재능이 있을까. 노래보다도 작곡 공부를 하라는 건 무슨 의미였을까. 생각해 보면, 나는 유독 소리에 민감하긴 하다. 음악을 들으면 음표들이 제각각 펼쳐지면서 조그만 올챙이로 변신한다. 올챙이들은 저마다 다른 개구리로 변신해 나를 새로운 세상으로 잡아끈다. 음을 들으면 정확하게 어떤 음인지 가려낼 수도 있다. 사실 악기 소리 외에도 세상에 존재하는 모든 것에서 나는 음정을 찾아낼 수 있다. 오빠가 합 하고 기합 넣는 소리는 미, 아빠가 방귀 뀌는 소리는 파 플랫, 우리 집 초인종 소리는 솔미솔미이다.

"이란!"

누군가 내 머리를 톡 쳤다. 여유미다.

"일찍 왔네? 나 여기 앉아도 되지?"

여유미가 가방을 풀고는 내 옆자리에 앉았다.

"좋을 대로."

나는 일부러 무심한 척 대답했다. 아빠가 합주실에 찾아온 날 보고 못 봤으니 이 주 만이다. 그동안 여유미와 연락이 되지 않았다. 전화기도 꺼져 있었다. 이 정도면 잠시 삐친 척을 해도 좋을 것 같아 괜히 눈길도 마주치지 않았다.

그런데 여유미, 조용하다. 보통 때 같으면 종알종알 종달새처럼 떠들어 대도 시원찮았을 텐데 말이다. 슬쩍 눈치 못 채게 흘끗거렸다. 그런데, 여유미! 이런, 너무 심하게 야위었다. 눈은 퀭하고 광대는 툭 튀어나왔다. 해골 같다. 그동안 연락 안 한 서운함이고 뭐고 다 사라져 버렸다.

"여유미!"

나도 모르게 큰 소리가 튀어나왔다. 유미가 좀 귀찮다는 듯 어깨를 으쓱했다.

"야, 너 왜 이렇게 말랐어?"

유미 어깨를 흔들어 댔다. 어깨뼈가 앙상한 나뭇가지 같았다. 섬뜩한 감촉.

"뭐가 말랐다고 그래. 아직 살 빼려면 한참 남았네요. 아, 그나저나 벌써 개학이라니, 정말 싫다. 겨울 방학까지 아직 반년이나 남았잖아."

유미가 내 코를 손가락으로 튕기며 장난을 쳤지만, 나는 하나도 웃기지 않았다. 주변에 있던 애들도 유미를 힐끗거리며 자기들끼리 귓속말을 해 댔다.

"괜찮아, 괜찮아. 걱정 안 해도 돼."

유미가 일부러 실실 웃었다.

"너 괜찮지 않거든."

"너까지 걱정 안 해도 되니까 그냥 좀 있어."

유미가 참기 힘들었는지 신경질을 냈다.

"그냥, 좀 음식을 넘기기가 힘들 뿐이야. 병원에도 다녀왔으니까 이제 괜찮을 거야. 그러니까, 너도 그만 걱정해. 엄마 아빠 잔소리만으로도 벅차니까."

유미가 낮은 목소리로 말했다. 나는 고개를 끄덕였다. 괜찮겠지. 그래, 병원에도 갔다 왔다니까, 뭐. 하지만 급식 시간, 유미는 먹은 음식을 화장실에서 도로 다 토해 냈다. 걱정이 되어 화장실 밖에서 서성였지만, 급식 시간이 끝나는 종이 울릴 때까지도 유미는 나오지 않았다. 계속해서 헛구역질하는 소리만 들릴 뿐.

한참 뒤 유미 아버지가 학교에 왔다. 유미는 바로 조퇴를 했다.

반에는 벌써 유미에 대한 소문이 파다하게 퍼졌다. 사실은 임신을 한 거라는 소문, 남자애가 옆 학교 몇 학년 몇 반 누구라는 아주 구체적인 이야기까지. 몇몇 아이들이 내 자리까지 찾아와 무슨 일이냐고 물어보았지만, 나는 아무 말도 하지 않았다.

유미에게 무슨 일이 일어나고 있었던 걸까. 나는 그동안 음식을 제대로 안 먹는 여유미, 소화 기능이 떨어지는 여유미, 먹으면 늘 화장실로 달려가는 여유미만 걱정했다. 하지만 지금 여유미는 그것보다 더 심각한 위기에 빠져 있는지도 모른다. 나는 몇 번이나 문자를 보낼까 망설였지만 결국은 보내지 않았다. 지금 유미는 스스로와 싸우는 중일지도 모르니까.

개학날이라 정규 수업만 마치고 집으로 돌아왔다. 아, 배고프다. 점심때 유미 때문에 제대로 먹지를 못했더니 뱃가죽이 등에 달라붙었다. 나는 한 끼만 굶어도 이렇게 머리가 핑핑 도는데 도대체 여유미는 어떻게 며칠씩 아무것도 안 먹고 견디는 걸까. 냉장고를 뒤적거려 먹을 수 있는 것들은 죄 꺼냈다.

아빠는 요즘 술을 다시 끊었다. 아니 이제는 술 마시는 것조차 귀찮아진 듯했다. 넋이 나간 사람처럼 회사와 집을 오갈 뿐이다. 갑자기 별것도 아닌 일에 화를 내는가 하면 침울하게 몇 시간이고 텔레비전만 본다. 며칠 전 집에 다녀간 고모가 아빠가 조금 이상하다며 왜 그런지 물었다. 오빠는 게이이고 나는 아빠 말 안 듣고 밴드를 계속하기 때문이라고 말할 수는 없었다. 그리고 어쩌면 단지 그것만이 원인은 아닐지도 모른다는 생각이 들기도 했다. 아빠는 아주 오래전부터 병을 앓아 오고 있었을지도 모른다.

냉장고에서 나온 거라곤 치즈 한 장과 소시지 조금 그리고 양파 반 개가 전부였다. 일단 치즈와 소시지를 우적거렸다. 밥통에는 밥이 있을 테니 김치찌개라도 해서 먹어야지. 돼지고기가 좀 있으면 좋은데. 아쉽다. 되는 대로 김치부터 넣고 볶다가 물을 붓고 폭폭 끓여 김치찌개를 만들었다. 뜨끈한 밥에 폭 익힌 김치를 한 점 얹어 꿀꺽. 이야, 정말 맛있다. 내가 끓였지만 거의 예술이다. 밥 한 그릇을 다 비우고 반 공기 더 퍼서 싹싹 다 먹었다. 청소년이 질풍노도의 시기인지, 꿈 많은 청춘의 시기인지는 모르겠지만, 밥 두 공기는 먹어야 배가 부른 시기라는 것은 알겠다.

밤이 늦어 아빠가 퇴근했다. 아빠는 욕실에 들어가 샤워를 하고 거실 소파에 앉아 텔레비전을 멍하게 바라보고 있다. 열한 시가 다 되자 학교 갔던 오빠도 돌아왔다. 셔츠며 가방에 핏자국이 묻어 있는 걸 보니 어디에서 또 넘어졌거나 액션 연습한다고 설치다 다친 듯싶었다. 요즘 좀 뜸하다 했더니 깁스 풀자마자 또 시작이다. 오빠는 신발을 벗고는 인사를 하는 둥 마는 둥 고개를 푹 숙이곤 욕실로 후다닥 들어갔다.

그러나 욕실에서 나온 오빠는 심상치 않았다. 얼굴과 몸 여기저기에 시퍼런 멍이 들어 있었다. 오빠는 소파에 앉아 있는 아빠에게 다가가 무릎을 꿇었다.

"아빠, 죄송해요."

다짜고짜 오빠가 잘못을 빌었다.

"이번엔 또 뭐냐?"

냉정한 말투.

"좀 싸웠어요."

그러곤 배시시 웃으며 머리를 긁적인다.

"뭐? 오빠가?"

놀랐다. 오빠가 싸움이라니. 액션 배우는 사사로운 감정에 주먹을 남발하지 않는 거라며 절대로 주먹질은 하지 않는 오빠였다. 인간이 아니라 죄 '수컷 원숭이'라는 중학생 때조차 서열 다툼은 물론 친구들이랑 장난으로라도 주먹질은 하지 않았다. 그런 오빠가 싸움을?

"내일 학교 좀 가셔야 할 것 같아요. 일이 좀 커질지도 모르겠어요."

"무슨 일인데?"

"지난번 경찰서에서 만난 애들 있잖아요. 오늘 학교에서 또 시비가 붙었어요. 웬만해선 그냥 참고 넘어가려고 했는데."

"안 그래도 전학 준비하고 있다. 그러면 너도 곧 정상으로 돌아올 거야. 이제 그런 애들과 싸울 일도 없을 거고."

"아빠. 저 전학 안 간다고 그랬잖아요."

오빠가 입술을 지그시 깨물었다.

"아빠만 믿어. 아빠가 다 해 줄게. 내일 학교에 가서도 다 해결해 줄 테니까 걱정 말고 너는 공부나 열심히 해라. 참, 그리고 당분간 휴대 전화는 금지다. 내일부터 정지될 거니까 그리 알아."

아빠가 처참하게 부서진 울타리를 다시 세우려고 한다. 썩어 빠진 나뭇조각을 억지로 이어 붙이려고 한다. 무언가 잘못 돌아가고 있다.

다음 날 학교에 다녀온 아빠는 무슨 충격을 받았는지 회사도 가지 않았다. 아빠는 방에만 틀어박혀 밖으로 한 발도 나오지 않았다. 아빠와 함께 돌아온 오빠도 평소와 다르게 조금 시무룩했다.

"왜 그래? 무슨 일 있었어?"

"학교에서 나보고 전학 가래."

"뭐? 왜?"

"근데 더 웃긴 건, 나랑 싸운 애는 사회봉사 명령 며칠 받고 끝이야."

"뭐라고? 걔가 먼저 시비를 건 거라고 그러지 않았어? 아빠는 가만히 있었어?"

"당연히 불공평하니 받아들일 수 없다고 했지. 너도 알잖아. 아빠 논리적으로 말싸움 잘하는 거."

"그랬더니?"

"그러면 강제 전학을 시키거나 무기정학을 내리겠대."

"아, 어이없다."

"게다가 지민이까지 같은 조치를 받았어."

"뭐? 왜?"

"싸움할 때 옆에서 안 말렸다고. 젠장."

"뭐야? 왜 그래?"

"그러니까 이 모든 일의 원인은 싸움이 아닌 거야. 지민이와 내가 게이이기 때문이야. 쫓아 버리겠다는 속셈이겠지."

"이제 어떡할 거야?"

"글쎄, 잘 모르겠어. 지금 내가 어떻게 하는 게 맞는 건지, 정말 잘 모르겠어. 정리가 안 돼."

"아빠는 뭐라는데?"

"아빠는 좀 놀라신 것 같아."

"그것 봐, 오빠. 오빠가 게이가 아니었으면 이런 차별 안 당해도 되잖아. 오빠, 지금이라도 학교 가서 잘못했다고 하고, 다시는 게이 같은 거 안 하겠다고 반성문 쓰면 안 돼? 오빠가 왜 이런 취급을 받아야 돼?"

나는 신경질이 나서 말이 나오는 대로 마구 쏟아 냈다.

"란아, 이게 나야. 게이인 이락이 나라고. 니가 혹은 내가 원한다고 해서 바뀌지 않아. 그리고 이제 나는 이런 내가 좋아."

오빠가 부드럽게 나를 달랬다.

"속상해서 그러지. 속상해서. 왜 오빠가 이런 일을 겪어야 하느냐고."

정말로 화가 난다. 오빠한테도, 세상한테도 다 화가 난다.

가슴에서 불덩이가 솟는 것 같다.

사건은 거기에서 그치지 않았다. 다음 날 아침 학교 가려고 집을 나섰을 때, 나는 입을 다물지 못했다. '더러운 새끼, 뒈져라' '미친 호모 새끼, 지옥에나 가라' '니가 여자냐, 정지민이 여자냐? 너지?' '남자랑 하니까 좋냐?'. 우리 집 현관과 계단에 거칠게 휘갈겨진 낙서들. 나는 얼굴이 와락와락 달아올랐다. 속옷만 입고 길거리에 서 있는 것처럼 너무나 수치스럽고 부끄러웠다. 증오와 조롱과 살기가 느껴져 더럭 겁이 나기도 했다. 오빠는 정말 괜찮은 걸까?

학교에서도 오빠는 안전하지 않았다. 가래 묻은 담배꽁초는 물론 먹다 남긴 컵라면과 심지어 정액이 묻은 휴지까지 합세한 온갖 더러운 오물로 사물함은 더럽혀져 있었다고 한다. 책상엔 '정신병자'라고 조각칼로 판 후 빨간색 펜으로 메운 흔적까지. 이런 일은 다음 날도 또 그다음 날도 되풀이되었다. 다정했던 친구들과 존경했던 선생님들은 이제 더 이상 오빠를 사랑하지 않았다. 대신 흉측한 벌레나 쥐, 뱀처럼 오빠를 대했다. 전염병이라도 앓는 사람처럼 피했다. 뒤에서 수군거리고 앞에선 침을 뱉었다. 오빠는 서서히 지쳐 갔다.

11. 미안해

학교에서는 계속해서 아빠에게 오빠의 전학을 종용했다. 아빠는 주변 학교들을 오가며 전학 수속을 준비했다. 어차피 오빠를 전학시키려고 했던 아빠는 오빠 담임을 만나 서두르겠다는 각서까지 썼다고 한다. 하지만 전학은 생각만큼 쉽지 않았다. 이사나 다른 이유로의 전학은 어렵지 않게 할 수 있다. 하지만 오빠의 경우는 좀 달랐다. 오빠를 둘러싼 소문이 근처 학교에까지 쫙 퍼져 있었다. 대부분의 학교에서 정원이 찼다, 더 이상 전학생을 받지 않는다는 의뭉스러운 이유를 대며 오빠를 받아 주지 않았다. 오빠는 갈 곳이 없었다.

오빠가 지금 다니고 있는 학교에서는 하루빨리 나가 달라는 독촉을 해 대는데, 갈 곳은 정해지지 않은 상태. 아빠는 그 앞에서 절망했다. 아무리 도움을 요청해 보아도 보이지 않는 벽 앞에서는 아무 소용없음에 절규했다.

그리고 아빠가 처음 학교에 다녀온 지 보름이 지난 오늘, 일이 터졌다. 오늘 나는 역시나 생리 때문에 등교하지 못하고 집에서 뒹굴던 중이었다. 아빠 휴대 전화로 띵동, 하고 문자가 왔다. 설거지하던 아빠가 대충 손의 물기를 닦고 전화기를 집어 들었다. 그리고 문자를 확인하곤 얼굴색이 하얘지더니 급기야 털썩 주저앉았다.

"아빠, 왜 그래?"

내 물음에 아빠는 대답도 않고 멍하니 아무 소리도 내지 않았다. 아빠 손에 들린 전화기를 빼앗아 내용을 확인했다.

'아빠, 저 결국 무기정학이래요. 죄송해요.'

오빠였다.

"아빠, 어떡해? 오빠 이제 어떡해?"

아빠는 잠시 동안 미동도 않고 가만히 앉아만 있더니 갑자기 일어나 서두르기 시작했다. 앞치마를 벗고 욕실에 들어가 싹 씻고 나온 아빠는 평소엔 잘 입지 않는 정장까지 갖춰 입었다. 하지만 아빠는 충격 때문인지 몸도 제대로 가누지 못할 정도로 휘청거렸다.

"란아, 오빠 학교에 좀 다녀와야겠다."

"아빠, 조금 진정하고 가. 지금 제대로 걷지도 못하잖아."

"아니야. 괜찮아. 한시라도 빨리 선생님을 만나야겠어."

"그럼 잠깐만 기다려. 나랑 같이 가."

택시를 타고 오빠 학교까지 가는 내내 아빠는 아무 말도 하지 않았다. 창밖으로 고개를 돌린 아빠 옆얼굴을 보고 있으려니 아랫배가 조금씩 더 뻐근해졌다.

"아빠, 오빠 담임 만나서 무슨 말 할 거야?"

택시에서 내린 뒤 아빠에게 물었다.

"무조건 잘못했다고 해야지. 락이가 무조건 잘못했다고. 학생 신분에 어긋나는 행동을 했으니까. 아들 잘못 키운 애비로서 용서를 빌 거야. 필요하다면 무릎이라도 꿇어야지. 그렇게 해서라도 락이의 죄를 덜어 줄 수 있다면 아빠는 수백 번도 더 무릎 꿇을 수 있어."

터덜터덜 걸어 들어가는 아빠 뒷모습을 바라보고 있으려니 가슴 한편이 자꾸 저릿저릿거렸다. 아빠가 교무실에 가 있는 동안 나는 교문 밖에서 아빠를 기다렸다. 하지만 한 시간이 지나도록 아빠는 나올 기미가 없었다. 혹시 무슨 일이 생긴 걸까. 아빠에게 문자를 보내 봤지만 답이 없었다. 남자 고등학교에 들어가기 정말 싫지만, 어쩔 수 없다. 예감이 불길했다. 체육 수업하는 남자애들을 피해 운동장 한쪽으로 걸었다. 최대한 눈에 띄지 않으려고 했지만 어느덧 나를 발견한 고딩들이 휘파람을 불어 댔다. 나는 신경 쓰지 않고 조심조심 교무실 쪽으로 들어갔다. 뒷문에서 기웃거리며 서성이는데 안에서 익숙한 목소리가 들려왔다.

"선생님, 조금만 더 여유를 주십시오."

아빠였다. 찬 시멘트 바닥에 무릎을 꿇은 채였다. 무릎을 꿇겠다는 말은 진심이었다.

"아이고, 진짜 왜 이러세요? 아버님, 저한테 아무리 이러셔도 안 된다니까요."

새파랗게 젊은 선생이 다리를 꼬고 앉아 마우스로 딸깍딸깍 소리를 내며 지껄였다.

"죄송합니다, 선생님. 제가 자식을 잘못 키웠어요. 조금만 시간을 주시면……."

"지금 종 쳐서 저 수업 들어가 봐야 되거든요."

새파란 선생은 무릎 꿇은 아빠를 지나쳐 성큼성큼 교무실 밖으로 나가 버렸다. 교무실의 다른 선생들도 밖으로 나가며 아빠를 보고 혀를 끌끌 찼다. 안됐다며 동정을 하거나 쌤통이라며 악의 가득 찬 눈빛으로. 하지만 어느 누구도 나서서 아빠를 일으켜 세우지는 않았다.

"선생님, 잠시만요."

아빠가 벌떡 일어나 멀어져 가는 선생을 뒤따라갔다.

"아버님, 이러시면 곤란합니다. 정말."

아빠에게 팔목을 잡힌 선생이 짜증스러운 듯 미간을 잔뜩 찌푸렸다.

"선생님, 락이랑 싸운 아이는 사회봉사 명령 받았다고 하던데요. 우리 락이만 왜 이런 처분을 받았는지요."

아빠가 조심스레 선생에게 물었다.

"아, 그건."

선생은 제대로 대답을 하지 못하고 얼굴만 벌게졌다.

"그러니까 어서 전학시키라고 말씀드렸잖습니까? 이렇게 될 줄 뻔히 알고요. 저라고 가만히 있었겠어요, 아버님? 하지만 안 통합니다. 락이 죄질이 워낙에 안 좋아요."

선생은 이번에는 아빠를 구슬렀다.

"선생님, 그러니까 락이가 그렇기 때문에, 단지 그 이유 때문에 이런 취급을 받아야 된다는 말씀이신 건가요? 더러운 벌레 같은 놈이니까 그저 사라져 주기만을 바라고 있는 거란 말씀이시군요."

아빠는 단어 하나하나를 꼭꼭 씹듯 내뱉었다. 아빠의 오랜 습관. 아빠는 지금 매우 화가 나 있다.

"아버님, 정말 까놓고 말씀드려서, 학교 입장에서는 이건 정말 그냥 봐줄 수 없는 사안이에요. 다른 학부모님들께서도 지금 난리예요. 이건 학교 전체가 얼굴을 들고 다닐 수 없는 상황이라고요. 그러니까 그냥 조용히 전학을 시키시는 게 가장 좋은 해결 방법이에요."

선생이 말을 지껄여 댔다.

"그러니까 락이가 게이이기 때문이라는 말씀이시군요."

아빠가 확인하듯 되물었다.

"뭐 그렇게 확인을 꼭 하셔야겠습니까. 그렇죠. 맞습니다.

아버님. 게이라니요. 이게 도대체 말이나 될 법한 얘깁니까? 제가 말씀을 안 드려서 그렇죠. 저도 정말 죽겠습니다. 저까지 징계 먹게 생겼어요."

"아, 예. 알겠습니다."

아빠가 선생 눈을 똑바로 보고 말했다. 더 이상 말할 가치도 없다고 판단할 때 아빠의 말투. 아빠는 뒤로 돌아 뚜벅뚜벅 복도를 걸어갔다.

"아버님, 아마 이 동네에서는 좀 힘드실 거예요. 지방 쪽으로 알아보세요."

눈치 없는 선생이 아빠 등에 대고 소리쳤다. 하지만 아빠는 뒤돌아보지 않았다.

나는 학교를 나서는 아빠 뒤를 쫓았다.

"아빠, 괜찮아?"

조심스레 물었다.

"이제부턴 괜찮을 거야."

한 시간 넘게 무릎을 꿇고 있어서 다리가 저린지 아빠는 허벅지를 주물러 댔다.

"란아, 오빠 나오라고 해. 우리 교문 밖에 있다고."

문자를 보내고 십 분도 지나지 않아 오빠가 헐레벌떡 달려 나왔다.

"아빠, 어떻게 된 일이에요?"

아빠는 대답도 않고 곧장 잘 아는 곰탕집으로 우릴 데려갔다. 그리고 가장 비싼 '특곰탕'을 시켰다. 국물과 고기를 추가로 시키고는 우리에게 다 먹으라고 했다. 그릇을 다 비우고 나서야 아빠가 입을 열었다.

"든든히 먹고 단단히 살자."

학교에 다녀온 아빠는, 나름대로의 전쟁을 준비했다. 오빠 역시 마찬가지였다.

다음 날 아침, 오빠는 교복을 입고 학교 갈 채비를 했다.

"오빠, 학교 가려고?"

무기정학이면 학교에서 다시 나오라고 할 때까지 가면 안 되는 거 아닌가.

"나는 정학 맞을 짓을 한 적이 없어. 그리고 나는 학생이잖아. 나에게는 공부할 권리가 있어. 내가 원래 공부를 좋아하진 않지만, 오지 말라고 하니까 더 가고 싶어지는 거 있지."

오빠가 웃음을 흘리며 말했지만 왠지 비장함이 느껴졌다.

"그러게. 평소에는 아빠가 공부해라 해라 해도 안 하더니, 웬일이야?"

나도 일부러 가볍게 받아쳤다. 오늘도 오빤 학교에서 매우 힘든 일을 겪을 것이다. 게다가 지금은 무기정학 중. 학교에서의 냉대와 질시를 오빠는 어떻게 견디려고 저러는 걸까. 요즘, 나는 오빠를 볼 때마다 가슴 한편이 저릿하다.

오빠가 게이라는 사실을 알았을 때, 나는 오빠가 정말 싫었다. 더럽고, 추악하고, 징그러웠다. 왜 우리 집에 이런 일이 닥친 건지 원망스럽기만 했다. 차라리 사라져 주었으면 하고 바란 적도 있다. 오빠가 안타까운 눈빛을 보낼 때마다 구역질이 났다. 살갗이 닿는 것도 싫었고 같은 세탁기를 쓰는 것도 몸서리가 쳐져 따로 빨래를 하기도 했다.

그러나 나는 몰랐다. 내 생각에 빠져 허우적대고 있을 때, 오빠가 얼마나 힘든 하루하루를 보내고 있었는지. 사람들로부터 얼마나 멸시를 당하고 있었는지. 현관문 밖에 쓰인 그 낙서들을 보며 나는 오빠를 지켜야겠다고 다짐했다. 그런데 어떻게? 아, 고민된다.

개학날 이후 보름이 넘는 시간이 흘렀건만, 유미는 아직도 학교에 오지 않고 있다. 뼈가 만들어진 소문에 점점 살이 붙어 부풀어 올랐다. 종합해 보면, 옆 남자 고등학교 짱도 아니고 짱 따까리와 그렇고 그런 사이였는데, 돈 주고 마음 주고 몸도 주었다가 덜컥 임신을 하게 되었다. 따까리는 이제 와서 자기 책임은 없다며 배 째라고 하고 있고 유미는 혼자서 고민하다가 결국 집과 학교에 발각되어 애 떼는 수술을 받고 지금은 정신병원에 들어가 있다는 것.

유미를 둘러싼 소문 가운데 단 하나의 진실은 유미가 지금 병원에 있다는 것이다. 유미로부터 전화가 온 건 그저께 밤이었다.

"란, 나야."

경쾌한 목소리. 유미였다.

"야, 너 어떻게 된 거야. 전화기도 계속 꺼져 있고."

"헤헤. 걱정했니?"

또렷한 말투. 전화기 너머에 있지만 유미 특유의 표정이 눈에 선하다.

"걱정은 무슨."

"밴드는?"

"너 하나 없어도 영양실조는 안 굶어 죽는다네, 친구."

갑작스러운 침묵.

"란, 나 거식증이래."

유미가 낮은 목소리로 말했다.

"대충 눈치채고 있었어."

나도 차분히 대꾸했다.

"그래? 티가 났구나."

"그렇게 비쩍비쩍 말라 가는데 누가 모르겠냐?"

"그러게. 그런데 나는 몰랐어. 내 눈에는 내 몸이 정말 계속 뚱뚱하게 보였다고. 조바심이 났어. 초등학교 때처럼, 뚱땡이라고, 돼지라고 놀림당하던 그때로 돌아갈까 봐. 너무 무서웠어."

유미 목소리에서 절박함이 묻어 나왔다.

"지금은, 괜찮니?"

나는 조심스레 물었다.

"응. 많이 나아졌어. 지금 식이 장애 전문 병원에 있어. 의사 선생님이나 간호사 언니들이 이것저것 챙겨 주시고 참 친절하셔. 게다가 간호사 언니들은 어찌나 예쁜지. 눈이 호강하고 있다고. 나 예쁜 여자 좋아하잖아. 그리고 쉬는 김에 머리 염색도 했다. 오렌지색으로. 너한테 보여 줘야 하는데. 하하하."

유미가 말을 쏟아 냈다. 백 년 침묵 형벌을 받았다가 이제 막 풀려난 사람처럼.

"나, 여기서 정신과 치료도 받고 있어. 의사가 그러는데, 나에겐 딱 하나의 문제점이 있대."

"딱 하나? 야, 그 의사 돌팔이 아냐? 내가 알고 있는 니 문제점만 해도 수두룩한데."

"너 정말 그러기야?"

"알았어, 알았어. 말해 봐."

"있는 그대로의 나를 사랑하지 않는 거. 그래서 거울을 봐도 왜곡되게 보이는 거래. 나 좀 한심하지?"

"우리들 가운데 누군들 자신을 제대로 보고 있겠니?"

나는 내가 어떤 인간인지 알고 있나? 진짜 내가 누구인지 나는 알고 있나? 예스라고 말할 자신, 없다.

"이제부턴 남 신경 덜 쓰고 살려고. 생각해 보니까, 난 그동안 너무 남들에게 어떻게 보일까만 신경 쓰고 살아왔던 것 같아."

"아니거든요. 완전 제멋대로 살았거든요."

일부러 장난스럽게 말했다.

"보름 동안 병원에 있는데, 딱히 전화할 친구도 없더라고. 생각해 낸 게 겨우 너다."

"어이구, 영광이다."

"나, 내일 퇴원해."

"정말? 잘됐다."

"애들, 내 얘기 많이 하지?"

"야, 또 남들 이목 신경 쓰냐? 소문 같은 거 무시해. 이제 안 그런다면서. 누가 뭐래도 여유미 너 자신이 당당하면 되는 거 아냐?"

"언니 같은 소리 한다, 너."

"헤헤. 그래그래, 얼른 퇴원이나 해라. 내가 너 사 달라는 거 다 사 줄게."

"너, 거짓말 아니지? 지금 내가 얼마나 많이 먹게 됐는지 알면 후회할걸? 각오해야 될 거야."

"걱정 말고, 건강하게 퇴원이나 잘하셔."

유미는 거식증이 스스로를 있는 그대로 사랑하지 않아 생기는 병이라고 했다. 유미의 말에 동의한다면, 우리는 모두 조금씩 거식증에 걸려 있다.

나의 모습을 들여다본다. 어느 한 군데 마음에 드는 구석이 없다. 얼굴은 네모나고 코는 너무 뭉툭하다. 쌍꺼풀은 있지만 그다지 크지 않은 눈, 볼록 나온 아랫배와 짧은 팔다리, 거기에 피부는 까맣고 털은 부얼부얼 나 있어 일주일에 한 번은 다리 면도를 해야 한다. 성격은 또 얼마나 우유부단한지. 이래도 네, 저래도 네. 똑 부러지는 의견 한 번 내세운 적이 없다. 생각하고 결단하는 데 게으르다. 자랑할 만한 외모에 명확한 성격, 명민한 두뇌를 갖고 싶다. 그들에 비하면, 나는 얼마나 초라한가.

유미는 이제 세상에 하나밖에 없는 자기 자신을 가장 많이 사랑하고 아끼겠다고 했다. 유미가 한다면, 나도 할 수 있을까? 어설프고 모자란 나를, 나는 사랑할 수 있을까?

집으로 돌아가자 오빠가 먼저 와 있었다. 오빠는 거실에 있는 컴퓨터에 앉아 열심히 자판을 두드리고 있었다. 다행히 상처는 없어 보인다.

"나 왔어. 밥 먹었어?"

"아니. 학교에서 급식은 안 주더라."

오빠가 일부러 장난스럽게 웃으며 말했다.

"그래? 그럼, 오늘은 내가 급식 줄까? 카레 어때?"

나도 씩 웃어 주었다.

"근데 오늘, 별일 없었어?"

조심스레 물어보았다.

"음, 별일이라면 별일이지."

오빠가 뜸을 들였다.

"지금 생각하면 나한테서 어떻게 그런 용기가 나왔는지 모르겠어. 학교 갈 때까지는 정말 떨렸거든. 그런데 학교 정문에 딱 서니까 거짓말처럼 증상이 사라지는 거야. 어떤 단호한 결의랄까 그런 것도 아닌데, 괜스레 힘이 났어. 일단 학교에 가서 내 자리에 앉았지. 다들 놀라는 눈치더라고."

그 따가운 눈총을 오빠는 어떻게 견디어 냈을까.

"애들이랑 장난치고 놀지를 못하니까 달리 할 일이 없던데. 그래서 그냥 자리에 앉아만 있었어. 뒤에서 나 들으라고 욕을 하는 애들도 있고, 그동안 진짜 친하다고 생각했던 녀석들도 그 무리에 끼어서 내 가방에 침을 뱉기도 하고 그러더라고. 그런 거야 이제 이골이 났으니 괜찮아. 근데 정말 이상한 건……."

"왜? 무슨 일인데?"

"애들 가운데 몇 명이 나한테 다가오더니 힘내라며 어깨를 툭 치고 가는 거야."

"잉?"

"심지어는 다른 반 애들까지."

"아, 정말?"

"응. 나 눈물 좀 나오려고 그랬잖아. 근데 참았지. 게이라 계집애같이 질질 짠다는 얘기 들을까 봐."

오빠가 호탕하게 웃었다.

"그건 그래, 오빠. 나는 옛날에는 게이라고 그러면 다 목소리 가느다랗게 여자 흉내 내고, 걸음도 팔 흔들면서 이상하게 걷고 웃을 때도 호호, 뭐 이런 사람들인 줄 알았거든. 근데 오빠는 완전 남자잖아. 정지민도 그렇고."

"아니야. 여성스런 분위기를 풍기는 게이들도 분명 많이 있어. 백 명의 사람이 있으면 백 명의 성격이 모두 다른 것처럼 게이들도 각자 다 다른 개성이 있다고. 아무튼 그렇게 앉아 있는데 담임이 조회하러 들어왔다가 나를 본 거야. 완전 똥 씹은 표정이 되더라고. 그렇게 한참 나를 노려보더니 그냥 나가 버리더라. 난 그래도 꿋꿋이 내 자리를 지켰지. 근데 조금 뒤에 반장이 나한테 상담실로 가 보라는 거야."

"상담실에는 왜?"

"상담실이라면 이미 익숙해. 회유와 협박과 폭력이 난무하는 곳이지. 근데 이번에는 처음 보는 여자 선생님이 거기 계시는 거야. 아무튼 자리에 앉아서 무슨 말을 하려는 건가 기다렸지. 이미 각오는 했거든. 근데, 이 선생님. 아무 말도 안 하는 거야. 그냥 나를 보고 빙긋빙긋 웃기만 하더라고."

"왜? 미친 거야?"

"하하. 설마 미쳤겠냐. 그래서 왜 그러냐고 물었어. 그랬더니 나보고도 웃으래. 참 내. 어이가 없었지. 날 놀리는 건가. 이젠 별별 일이 다 있구나. 나도 모르게 어이없는 웃음이 픽 하고 새어 나왔어."

"하하하. 시키는 대로 했네."

"그런 셈인가. 어쨌든, 그랬더니 이제는 대놓고 껄껄껄 하고 웃는 거야. 아니 무슨 여자가 그렇게 목청은 큰지. 그걸 보니까

나도 모르게 같이 웃게 되더라고. 깔깔깔 하고 말이야. 그러고는 한참을 둘이 웃었어. 웃다 보니까 멈출 수가 없더라고. 나중에는 눈물이 찔끔 나고 복근까지 저릿저릿하더라."

"오빠 복근 사라진 지 좀 된 것 같던데."

나는 일부러 농을 했다.

"한 십 분을 그렇게 웃었나. 근데 선생님이 갑자기 나를 안는 거야. 처음엔 영문을 몰라서 버둥거렸어. 근데 조금 지나니까 참 좋더라. 따뜻했거든. 포근하고. 쓰라린 상처에 따끈한 물수건을 얹어 주는 느낌이랄까."

"둘 다 미쳤구먼."

"그렇게 또 한참을 있었어. 그런데 이번엔 눈물이 주르르 흐르는 거야. 그냥 볼을 타고 하염없이 내리더라고. 되게 부끄러웠는데 닦을 생각도 하지 못했어. 너무 뜨거웠어. 선생님은 그냥 한참 동안 그렇게 나를 내버려 두더라. 그렇게 가만히 있는데 어떤 응어리가 스르르 풀리는 것 같았어. 그냥 무조건적으로 이해받는 느낌이랄까."

오빠가 이야기를 하는데 나는 아무런 대꾸도 할 수 없었다. 내 속에 쌓여 있던 미움과 증오의 마음이 스르르 풀어지고 있었다.

"선생님은 그다음엔 무조건 괜찮다고만 말씀하셨어. 그냥 괜찮다고만. 그 얘기 듣는데 더 눈물이 나더라고. 선생님은 내가 혼자가 아니라고 했어. 몇몇 선생님들이 이번 일이 부당하다는 의견을 냈고, 학교운영위원회에 철회를 건의하려고 하신대. 그러고는 조금 더 일찍 지켜 주지 못해서 미안하다는 말씀을 하시더라."

나도 모르게 주르르 눈물이 흘렀다.

"너 갑자기 왜 그래."

오빠가 당황해서 물었다.

"오빠 미안해."

"괜찮아."

오빠가 큰 손으로 내 등을 쓸어 주었다.

"괜찮아. 괜찮아. 란아, 괜찮아."

"오빠, 정말 미안해. 나는 오빠가 그렇게 힘든 줄 몰랐어. 오빠가 그렇게 아픈 줄 몰랐어."

나는 계속 울먹였다.

"그래, 란아. 그래. 그래."

오빠는 내 머리를 쓰다듬어 주었다.

"그나저나, 란. 너 카레는 언제 해 줄 거야. 급식 준다면서."

"아, 하하. 응, 응. 내가 해 줄게. 오빠, 잠시만 기다려."

오래된 양파와 감자만 넣고 카레를 끓였다. 요즘 아빠가 살림을 소홀히 하는 바람에 채소가 똑 떨어졌기 때문이다. 그래도 카레는 언제나 맛있다. 갓 지은 밥과 카레, 그리고 김치만으로 오빠와 단둘이 저녁을 먹었다. 오랜만에 느끼는 평화로움. 해결된 것은 아무것도 없지만, 왠지 뭔가 후련해진 것 같았다.

12. 즐거운 사람들

아빠가 집으로 돌아왔다. 평소 귀가보다 훨씬 늦은 시간.

"다녀오셨어요?"

아빠가 슬쩍 웃는 얼굴로 인사를 받았다. 그러고는 욕실에 들어가 한참을 있다 나왔다.

"식사는요?"

"응. 먹었어. 너희는?"

아빠가 수건으로 젖은 머리를 털었다.

"란이가 카레 만들어 줘서 먹었어요."

아빠가 오빠를 물끄러미 바라보았다.

"락이 너는 오늘 학교에서 별일 없었니?"

굉장히 오랜만에 들어 보는 부드러운 말투. 요즘 들어 아빠는 조금 달라졌다. 힘없고 나약하고 무기력한 모습이 아니다. 전사처럼 강한 느낌, 누구라도 거치적거리면 바로 목이라도 조를 것 같은 기운. 혹은 치밀하고 계산적인 탐정 같은 분위기. 아빠는 나름대로 비장하다. 그런데 약간 코믹한 느낌이 드는 건 왜일까.

오빠가 오늘 학교에서 있었던 일들을 간략하게 아빠에게 말해 주었다. 아빠는 고개를 끄덕이다가 주먹을 쥐었다가 멍하게 먼 곳을 바라보다가 하면서 오빠 이야기를 경청했다.

"그래서 말인데요, 아빠."

오빠가 종이 한 장을 내밀었다.

"저, 서명 운동하려고요."

"서명 운동?"

아빠가 되물었다.

"곰곰이 생각해 봤어요. 어떻게 해야 할까. 내가 지금 할 수 있는 일이 무얼까. 근데 별로 없더라고요. 그저, 학교에서 시키는 대로 집에 처박혀 있는 게 다였어요. 근데, 그건 너무 억울하잖아요."

"서명을 받아서 뭘 어쩌려고?"

아빠가 차분한 목소리로 물었다.

"선생님 몇 분이 학교운영위원회에 제 징계 취소를 건의한다고 하더라고요. 그때 참고 자료로 내려고요. 내일부터 학교 앞에서 애들 서명을 받으려고 해요."

오빠가 멋쩍은 듯 머리를 긁적였다. 아빠는 꼼꼼하게 오빠가 적어 내려간 글을 읽었다. 그동안 있었던 일들과 지금의 심정, 그리고 마지막까지 공부하여 고등학교를 졸업할 권리가 있다는 내용이었다.

"여기 띄어 쓰고, 여긴 붙여야지. '바램이 있습니다'가 아니고 '바람이 있습니다'. 아니, '바랍니다'가 더 낫겠다. 그리고 또……."

"아빠, 지금 뭐 해?"

내가 소리를 빽 질렀다.

"어이쿠, 이놈의 직업병. 글자만 보면 이러네. 미안."

아빠가 민망한 듯 혀를 날름 내밀었다.

"이번 일 말이야 아빠 신문사에 제보해서 기사화하면 어떨까?"

"네? 신문에요?"

오빠가 눈을 동그랗게 떴다.

"이 일이 락이 너만의 일은 아니라는 생각이 들더라고. 청소년 성적 소수자들이 학교에서 어떤 말도 안 되는 차별과 위협을 받고 있는가에 대한 기사를 제안해 볼까 해. 물론 관련자 신변과 학교 이름 같은 거는 다 익명."

"익명 보장만 된다면 저는 괜찮아요. 그런데 이건 지민이도 걸린 일이라, 지민이 의견 물어보고 말씀드려도 될까요? 그러려면 저, 전화 좀 풀어 주시면 좋겠는데. 헤헤."

오빠가 혀를 날름거렸다.

"어이구, 알았다. 근데 그 아이는 어떻게 됐니?"

아빠 질문에 오빠 표정이 살짝 일그러졌다.

"곧 이민 가요. 지민이 아버지가 계속 받아들이지를 못하고 계세요. 남부끄러워서 도저히 한국에서는 낯을 들고 못 다니겠다며."

"너는 괜찮니?"

"당연히 안 괜찮죠."

"락아, 저기……."

아빠가 오빠에게 무슨 말인가를 하려다 말았다.

"뭔데요?"

"아니야. 됐어."

오빠가 다시 물었지만 아빠는 잠시 머뭇거리더니 결국 이야기하지 않았다.

"오빠, 근데 그 서명 운동, 나도 좀 도와줄까? 혼자 하기 벅차지 않아?"

오빠에게 조금이나마 도움이 되고 싶었다.

"란이 너까지 도와준다면야 나야 고맙지. 여기에 이름이랑 사인, 주소만 받아 오면 돼."

오빠가 용지 몇 장을 나누어 주었다.

"아빠, 그런 의미에서 우리 닭 시켜 먹으면 안 돼?"

호들갑을 떨며 아빠에게 졸라 댔다.

"그런 의미가 뭐야?"

"그러게요. 란, 그게 뭐야? 하하."

오랜만에 다 함께 웃는 순간. 아, 오랫동안 묵힌 똥을 싸는 기분. 간만에 시원하고 통쾌하다.

잠시 뒤 치킨이 배달되어 왔다.

"아빠, 돈 줘!"

"가방 안에 지갑 있어."

밀린 설거지를 하던 아빠가 소리쳤다.

아빠 가방은 현관 옆에 놓여 있었다. 커다랗고 낡은 갈색 가죽 가방. 너무 오래되어 늙은 개처럼 축 처져 있다. 가방 지퍼를 열고 지갑을 꺼내는데 작은 책자 한 권이 딸려 나왔다. 책 제목은 '청소년 동성애자를 둔 부모를 위한 가이드'. 후루룩 책장을 넘겨 보았다. 군데군데 밑줄까지 쳐져 있다. 아까 아빠는 혹시 나처럼 오빠에게 사과의 말을 하고 싶었던 건 아닐까. 문득 그런 생각이 들었다.

개학을 하고 나서 영양실조는 일주일에 한 번으로 연습 시간을 조절했다. 파라다이스가 다른 사람에게 넘어간 뒤 매주 주말에 공연하던 것도 취소되었다. 삼겹살 가게가 될 뻔한 파라다이스는 일반 호프집으로 변신했다. 그 앞을 지날 때마다 아직까지도 자꾸 머뭇거리게 된다.

오늘은 수요일, 연습이 있는 날이다. 학교를 마치고 유미와 떡꼬치 한 개씩을 입에 물고는 합주실로 향했다.

"한 개 더?"

유미가 나를 보곤 찡긋했다.

"야, 야. 너나 더 먹어. 난 더 먹으면 돼지 된다."

예전이라면 상상할 수도 없는 일이었겠지만, 요즘 유미는 아주 잘 먹고 있다. 살도 부쩍 쪘고 피부도 몰라보게 좋아졌다. 옆에서 보면 질투가 날 정도로 눈부시다.

합주실엔 모두들 도착해 있었다. 이제는 무척이나 익숙한 풍경. 좁은 합주실에 모여 악다구니 쓰고 욕도 하고 가끔 스스로의 연주에 감동도 하는 이상한 사람들이 있는 이곳. 나는 왠지 이곳에 오면 마음이 편안해진다.

"있지, 우리 합주 날짜, 목요일로 바꾸면 안 돼?"

연습이 끝날 무렵 맹수 아저씨가 우리를 둘러보며 물었다.

"아니, 왜?"

계서 아줌마가 드럼 스틱을 챙기며 물었다.

"저기……."

아저씨가 말을 흐렸다.

"이씨, 속 터져. 우물쭈물하지 말고 빨리 말해."

성질 급한 계서 아줌마가 소리를 빽 질렀다.

"저기, 나, 취직했어."

맹수 아저씨가 힘찬 소리로 외쳤다. 우리는 모두 놀란 눈으로 맹수 아저씨를 바라보았다.

"무어?"

퍽!

계서 아줌마가 자리에서 뛰어 내려와 주먹으로 아저씨 등을 휘갈겼다.

"아아야야야. 아퍼."

"이 자식, 진짜냐?"

"응. 종로 낙원 상가에 있는 기타 교습소에."

"와, 삼촌 축하해."

유미가 누구보다도 좋아했다.

"맹수, 이 새끼. 장하다, 이맹수."

아줌마가 슬쩍 눈물을 닦는 시늉을 했다.

"뭐, 이렇게까지. 아, 아, 고마워."

"아저씨, 한턱 쏘세요."

슬그머니 빈대 붙는 복태 오빠.

"아니, 뭐. 아직 정직원도 아니고. 그리고 교습만 하는 것도 아니고 강습 없을 땐 기타도 팔아야 되고. 어떻게든 먹고는 살아야겠는데 배운 게 도둑질이라고 달리 내가 할 수 있는 게 없더라고. 어쨌든 혼자서 낙원 상가 돌아다니면서 일일이 문을 열고 들어가 사람 안 구하냐고 물어물어 따낸 직장이야. 처음엔 되게 떨렸는데, 얼굴에 철판 딱 깔고 몇 번 그냥 들이댔더니, 할 만하더라고. 나, 잘했지?"

"그래, 그래, 이맹수, 잘했다. 잘했어. 오늘부터 맹물이 아니라 일급수다, 일급수."

계서 아줌마가 맹수 아저씨 머리를 쓱쓱 쓰다듬었다.

"아, 아저씨, 그러면 저 아저씨한테 기타 배워도 돼요?"

안 그래도 계속 관심이 있던 터였다. 지난번 복태 오빠가 작곡 공부를 해 보라는 말이 머릿속에서 떠나지 않았다. 작곡을 하려면 악기를 다룰 줄 알아야 하는데 피아노는 갈 길이 너무 멀어 보여 기타로 어떻게 안 될까 하던 차였다.

"란이가 기타를?"

맹수 아저씨가 놀란 눈으로 바라보았다.

"헤헤. 뭐 취미로요."

"아무 때나 와. 내가 공짜로 가르쳐 줄게."

맹수 아저씨도 헤헤거렸다.

"맹수, 이 맹탕. 그렇게 다 퍼 줘서 또 어쩌려고 그래. 아는 사이일수록 계산은 철저히."

계서 아줌마가 나를 향해 눈을 찡긋하며 맹수 아저씨를 타박했다.

"저기, 저."

이번에는 내가 머뭇거렸다. 가방에서 주섬주섬 서명 용지를 꺼냈다.

"이거 서명 좀 부탁드릴게요."

멤버들은 종이를 받아 들고는 나를 물끄러미 바라보았다.

"애네 오빠, 게이래요."

유미가 아무렇지도 않은 듯 툭 내뱉었다. 나는 얼굴이 빨개졌다.

"아, 그래?"

맹수 아저씨가 서명 용지를 꼼꼼히 들여다보았다.

"이런 일이 있었어? 이런 나쁜 새끼들. 어휴, 열 받아."

계서 아줌마는 또 흥분했다.

"나는 이미 했지, 락이한테."

별것도 아닌 일에 으쓱해하는 복태 오빠.

"야, 이거 이럴 게 아니라 어디 텔레비전 프로그램 같은 데다가 확 찔러 버릴까? '피디 수첩' 뭐 그런 데 있잖아. 이게 말이 되냐?"

계서 아줌마는 걷잡을 수 없이 흥분하고 있다.

"아, 됐고요. 그쪽으로는 아빠가 좀 알아보신다고 하셔서. 그나저나 오늘은 저녁이라도 같이 먹을까요? 좋은 일도 많은데."

일이 점점 커질까 싶어 얼른 말을 돌리며 서명 용지를 주섬주섬 챙겼다.

"아, 영호!"

계서 아줌마가 갑자기 소리를 질렀다.

"우리에겐 영호가 있잖아. 너희들도 알지? 우리의 영원한 친구, 영양실조 제6의 멤버 영호 말이야. 지난번 우리 레인보우 페스티벌 때 무대에 서게 해 준 애. 걔가 동성애자 인권 운동 단체 간사잖아. 거기에다가 이 얘기를 한번 해 보자. 아, 전화부터."

계서 아줌마는 흥분하여 소리를 지르더니 급기야 영호 아저씨에게 전화를 걸어 자초지종을 이야기했다. 영호 아저씨는 우리 오빠를 먼저 만나야겠다면서 오빠 전화번호를 물었다.

무언가 일이 커지고 있다. 사람이 불어나고 있다. 불안하긴 한데, 왠지, 뿌듯하다.

"저, 저기."

이번에는 복태 오빠.

"아니, 다들 고백하는 분위기인 것 같아서요."

복태 오빠는 말을 시작하기도 전에 귀까지 빨개졌다.

"저, 기획사 들어갔어요."

"뭐?"

또다시 흥분한 계서 아줌마.

"진짜? 웬일이냐, 박복태. 그렇게 싫어할 때는 언제고."

맹수 아저씨가 자기 일처럼 기뻐했다.

"내년이면 고3인데, 어떤 식으로든 진로를 결정해야 될 것 같더라고요. 제가 뭐, 공부를 할 것도 아니고. 어차피 음악만 계속 해 왔는데요, 뭘. 처음에는 제가 제대로 해낼 수 있을까 하는 것 때문에 꺼려졌는데, 한번 도전해 보려고요. 열심히 하다 보면 답이 나오겠죠, 뭐."

"야, 복태. 너 그렇다고 우리 영양실조를 버리는 건 아니겠지?"

계서 아줌마가 주먹을 흔들어 댔다.

"그럼요, 그럼요. 아줌마가 계신데 제가 어딜 가요. 제 곡에 아줌마가 가사 써 주셔야죠."

복태 오빠가 나를 돌아보곤 환하게 웃었다. 나는 왠지 부끄러워 고개를 숙였다.

"그나저나 우리 이번 주 일요일에 오디션 있는 건 알고 있지?"

계서 아줌마가 우리를 둘러보며 비장하게 말했다.

"야, 떨어지기만 하는 오디션 진짜 보기 싫다. 그치? 하지만 해 보자. 될 때까지. 해낼 때까지. 어때? 그런 의미로다가 오늘 좋은 일만 가득한데 오늘은 이맹수가 한턱 쏜다. 가자."

"그래, 그래. 떡볶이에 순대, 마음껏 먹기다."

일요일 오디션에서, 우리는 또 떨어졌다. 또 한 번의 실망감이 우리를 훑고 지나갔지만, 예전처럼 절망하지는 않는다.

오빠는 요즘 매일 오전 학교 앞에서 서명 운동을 하고 있다. 생각만큼 호응이 좋지는 않다고 한다. 하지만 쉬는 시간에 몰래 나와 서명을 하고 가거나 음료수를 주고 가는 친구들이 있다고 한다. 괜히 친한 척을 하면 게이라고 몰려 오빠처럼 놀림을 당할까 걱정되기 때문일 것이다. 물론 여전히 오빠를 괴롭히고 거칠게 대하는 아이들도 많다. 하지만 예전처럼 노골적으로 욕을 하거나 대놓고 침을 뱉거나 하는 경우는 거의 없다고 한다.

오후가 되면 오빠는 영호 아저씨네 모임에 나간다. 동성애자들이 모여 정보를 나누는 모임인데 '즐거운 사람들의 집'이라고 부른다. 오빠는 그곳에서 생각보다 게이가 많다는 사실에 놀랐다고 한다. 그리고 진심으로 서로의 이야기를 들어 주고 자청해서 도움을 주려는 모습에 감동했다고 한다. 이곳 사람들은 오빠의 이야기를 듣고 단체로 교육청에 항의문을 내기도 했다. 작은 목소리라도 힘을 합친다면 반드시 큰 메아리가 되어 되돌아올 것이라고 이 즐거운 사람들은 믿었다.

오빠가 '즐거운 사람들의 집' 회원이 되면서 이곳은 새롭고 재미있는 행사 준비에 한창이다. '게이 자녀를 둔 부모를 위한 밤'이라는 이름의 행사인데 커밍아웃한 성적 소수자의 부모님을 위한 행사라고 한다. 한마디로 말해 아들이 게이라고 고백해 올 때 당황하지 않는 법, 여전히 사랑한다는 진심을 전하는 방법, 또 서로 상처 주지 않는 방법 같은 것을 배우는 자리. 진즉에 이런 게 있었더라면 아빠나 내가 이토록 오빠에게 미안해하지 않았어도 됐는데. 이제야 이런 게 생기다니. 아, 조금 아쉽다.

그리고 뜻밖의 소식. 우리 영양실조가 행사의 오프닝 무대를 장식하게 되었다. 행사 소식을 접한 계서 아줌마가 영호 아저씨에게 압력을 넣은 거다.

행사는 한 달 뒤. 우리는 다시, 진짜 무대에 선다.

13. 행복하니?

공연 두 시간 전, 우리는 모두 행사장에 모였다. 딱히 전문 시설과 인력이 배치된 행사가 아니기에 음향 시설도 모두 우리끼리 설치해야 했다. 대여해 온 스피커와 장비, 악기들을 연결하자 이마에 땀이 송송 맺혔다. 용케 제시간에 온 유미는 땀에 옷이 젖었다며 투덜투덜, 맹수 아저씨는 여전히 어리바리해 콘센트 구멍 찾기에 바쁘다. 계서 아줌마는 드럼 세팅도 안 끝낸 채 여기저기에 끼어들고 큰소리치는 게 일. 복태 오빠는 흘끔대는 게이들의 시선에 몸 둘 바를 몰라 하면서도 은근히 즐기는 눈치다. 타고난 무대 체질이다.

"아저씨, 콘센트 구멍 찾는 거 도와 드려요?"

맹수 아저씨가 하도 헤매고 있어 그냥 두고 볼 수 없었다.

"어, 란. 괜찮아. 내가 하면 돼."

아저씨가 땀을 뻘뻘 흘리고 있다.

"에이, 괜찮아요. 저는 마이크 하나 달랑이잖아요."

"그래도 란, 넌 똥 싸야 되잖아."

"네?"

"아니, 너 공연 앞두곤 늘 똥부터 누지 않아? 오늘은 괜찮은 거야?"

아, 그러고 보니, 첫 공연을 할 때 생각이 났다. 고음에서 똥이 뽕 하고 나올까 봐 불안했지. 속도 계속 안 좋고, 장도 꼬이고. 그런데 오늘은, 괜찮다. 아무렇지도 않다. 여유가 생긴 듯. 흠흠.

"참, 란. 나 있지. 아까 어떤 회사에서 전화왔다."

아저씨가 한껏 들뜬 얼굴로 내게 말했다.

"무슨 회사요?"

"세탁 세제 만드는 회사라는데, 블로그에서 내 곡 듣고선 연락한 거라고 내일 한번 보재."

"아니, 왜요?"

"자기네가 만든 세제 신상품이 있는데, 라디오에 광고를 낼 거래. 내 노래를 시엠송으로 쓰고 싶다고. 너희들이 뭐라고 그럴까 봐 내일 가 보고 확실해지면 이야기하려고 했는데, 란이 너 보니까 막 자랑하고 싶다."

"아저씨, 그거 사기 아니에요? 아니, 정신이 제대로 박힌 회사가 왜 아저씨 노래를……."

어이쿠, 실수다. 하지만 엎질러진 물. 아저씨는 시무룩해져 기타만 만지작거렸다.

"그치? 뭔가 착오가 있었겠지?"

"아니에요, 아저씨. 그런데 무슨 곡이래요?"

"'빨래박사'. 세제 회사니까. 근데 뭐, 어차피 아닐 텐데."

"아저씨, 죄송해요. 저, 아저씨 노래 좋아해요. 가사도 다 외우는걸요. 그리고 아저씨 노래가 처음 들을 땐 생소한데, 들으면 들을수록 중독성이 있더라고요."

일정 부분은 사실이었다. 노래를 좋아한다는 고백만 빼고 말이다. 나는 아저씨 노래 가사는 대부분 다 외운다. 당연히, 외우려고 외운 건 아니다. 저절로 머릿속에 들어와 박혔다. 아저씨 곡은 처음 들을 땐 생소하다. 물론 계속 들어도 생소하다. 중독성? 있다. 김치전을 먹다가 '전라도에 가서 전을 부쳐 먹고…….' 이러고 있다. 빨래 정리해서 세탁기에 넣을 때는 '흰 빨래는 희게 빨고, 검은 빨래 검게 빨자'고 노래 부르고 있다. 가끔, 내가 왜 이럴까 생각한다. 그만큼 맹수 아저씨의 노래는 어느 순간 슬그머니 다가와 내 일상에 스며든 것이었다.

"아저씨, 요즘 회사는 다닐 만해요? 수강생들은 많이 와요?"

괜히 미안해져 다른 이야기로 화제를 돌렸다.

"그렇지 뭐. 나는 잘 모르겠는데, 요즘 경기 안 좋아져서 학생 수가 많이 줄었대."

"그래도 아저씨는 인기 많죠?"

"헤헤. 어떻게 알았어?"

단순한 맹수 아저씨, 금세 웃어 준다.

"당연하죠. 나도 맹수 아저씨 좋아하는데."

"진짜? 우아?"

"그럼요. 자상하고, 착하고, 친절하고. 아저씨한테 기타 배우면 금방 칠 수 있을 것 같아요."

"그래, 란. 너 지난번에 나한테 배우고 싶다고 그랬잖아. 내가 가르쳐 줄게."

"네. 아저씨. 저 정말 해 보려고요. 그리고 작곡도 가르쳐 주실 수 있으세요?"

"당연하지, 란."

아저씨가 감격스러운 표정을 지었다.

"언제든지 말만 하라고. 그리고 란, 너 잘 생각했어. 란이 너는 음악적인 감각이 뛰어나서 작곡하면 잘할 거야."

철없고 책임감 없다고 구박받는 맹수 아저씨. 하지만 사람들이 아무리 아저씨를 무시하고 놀려도 나는 아저씨가 좋다. 모든 사람이 현실에 발 딛고 아등바등하는 시대, 어쩌면 맹수 아저씨처럼 꿈만 먹고 살겠다는 사람도 필요할지 모른다.

공연을 앞두고 나는 윽, 아니나 다를까. 화장실이 급해졌다. 미리 휴지를 챙겨 오길 잘했지. 서둘러 화장실로 달렸다. 팬티를 내리자마자 뿌지직. 휴, 시원하다. 그런데 먹은 것도 없는데 웬 설사. 물을 내리고 나오려는데 어느새 화장실에 들어온 유미가 거울을 보며 화장을 고치고 있다.

"시원하냐? 그런데 냄새는 좀 지독하다."

유미가 놀려 댔다.

"나 오늘 어때? 괜찮지?"

유미가 속눈썹 붙인 눈을 깜박이며 묻는다.

"그래, 이것아. 너야 늘 예쁘지. 질투 날 정도로."

나는 유미 엉덩이를 슬쩍 꼬집었다.

"란, 근데 나 요즘 살 좀 찐 거 같지 않냐? 여기 엉덩이랑 허벅지, 배도 좀 나온 것 같고. 응?"

나는 유미를 빤히 보았다. 다시 시작인 걸까. 유미는 또다시 덫에 걸려드는 건가.

"란, 걱정 마. 예전같이 바보 같은 짓은 안 해."

유미가 내 코를 손가락으로 튕겼다.

"초등학교 때 뚱뚱한 시절로 안 돌아가겠다고 다짐했던 것처럼, 다시는 나를 부정했던 때로 돌아가지도 않을 거야. 건강하고 행복하게 살고 싶다고. 조금 못생겨지더라도 말이야."

"응. 아까도 말했지만, 넌 충분히 예뻐. 그리고 그 사실, 누구보다도 니가 제일 잘 알고 있다고 생각해. 맞지?"

유미가 내 허리를 꼭 안았다. 나는 이런 종류의 스킨십에 익숙하지 않다. 어찌할 줄을 몰라 허리를 뒤로 빼고 엉거주춤 서 있었다. 유미가 내 허리를 바짝 당겼다.

"란, 너 단짝 친구 놀이 안 해 본 거 티 내냐? 단짝 친구끼리는 감동받는 일이 있으면 이렇게 안아 주는 거야. 으이그, 이런 것까지 일일이 가르쳐 줘야 되니?"

어색했지만 힘을 빼고 유미 등을 토닥여 주었다. 많이 나아지긴 했지만 여전히 마른 유미의 몸. 척추뼈가 손바닥에 그대로 느껴졌다.

이 가을과 겨울이 지나고 새 봄이 오면, 오동통 물오르는 새싹처럼 유미도 건강해질 것이다. 누구보다도 자기를 사랑하는 유미니까, 그러기에 자신을 인정하지 못하고 거부했던 유미니까. 앞으로 유미는 최선을 다해 자신을 지켜 나갈 거다. 지금, 유미는 그저 성장통을 겪고 있을 뿐이다.

"똥 누고 왔냐?"

화장실 앞에서 복태 오빠와 마주쳤다.

"억."

얼굴이 달아올랐다.

"뭘 그리 부끄러워해. 너 공연 전에 화장실 들락날락거리는 거 모르는 멤버도 있냐?"

복태 오빠가 히죽댔다.

"이 씨."

"근데 너 손은 안 닦고 나왔냐? 손에 물기가 하나도 없는데? 만날 나한테 더럽다고 그러더니. 니가 한 수 위다, 야. 적어도 나는 똥 싸고 손은 씻는데."

"어, 어, 어."

목이 막혀 말이 나오지 않는다.

"어쭈, 너 왜 말을 못 해? 예전엔 바락바락 잘도 대들더니."

그렇다. 바로 그거다. 나도 이유를 잘 모르겠다. 더럽고 추잡스럽고 만날 코만 파는 박복태. 나는 요즘 박복태 앞에만 서면 한없이 작아지는 걸 느낀다. 눈 마주치기도 두렵고 가끔 손이라도 스치면 찌릿, 미치겠다. 가슴도 콩콩 뛰고, 합주가 없는 날은 휴대 전화를 만지작거리며 문자를 보낼까 말까 수도 없이 고민한다. 젠장.

"란, 너한테 부탁 하나 하려고."

"뭔데요."

마음과 달리 말은 왜 이리 퉁명스럽게 나오는지.

"나 요즘 앨범에 넣을 곡 쓰고 있는 거 알지?"

"네."

복태 오빠가 들어간 기획사에서 그동안 오빠가 습작으로 써놓은 곡들을 좋게 봤다고 한다. 하지만 프로의 세계는 만만치 않은지라, 편곡 작업까지 끝낸 다음에라야 앨범 제작을 할 것인지 말 것인지 결정한다고 한다. 그것 때문에 복태 오빠는 요즘 밤을 새우며 작업에 열중하고 있다. 밴드 합주 시간에 와서도 꾸벅꾸벅 졸기가 일쑤. 하지만 힘들어 보이긴 해도 지쳐 보이진 않는다. 오히려 반짝반짝 빛이 난다.

"이번에 편곡 들어가는 곡에 여자 멜로디 부분이 있거든. 거기 피처링 좀 부탁하려고."

복태 오빠가 쭈뼛거리며 말했다.

"네?"

"아니, 정식 앨범 녹음이 아니야. 흥분하지 마. 데모로 녹음하는 거니까 부담 갖지 말고. 뭐, 잘만 되면 정식 앨범 때도 다시 부탁할 수는 있지만. 아무튼, 해 줄 거지? 니 목소리 말고는 다른 사람은 안 떠오르더라."

복태 오빠가 슬쩍 얼굴을 붉혔다.

"아니, 뭐. 나야, 뭐."

여전히 나오지 않는 목소리.

"그럼 그런 줄 안다."

"……."

"근데, 너 나 좋아하냐?"

"네?"

"아님 말고."

뚱하게 말하곤 자기도 무안한지 달려가 버리는 복태 오빠.

"사귀면 되겠네."

화장실에서 나온 여유미가 나를 보곤 씩 웃었다.

"아니, 그게 아니고."

"아니긴. 감정에 충실해. 으하하하."

"똥 안 마렵냐?"

퍽 소리가 나게 내 등을 치고는 샐샐 웃는 계서 아줌마. 또 똥 얘기다. 멤버들끼리 작당들을 했나. 하루 종일 똥! 똥! 똥!

"아줌마, 공연 앞두고 또 술 드신 거예요?"

"야, 당연하지. 개 버릇 남 주냐?"

"어휴, 술 냄새 장난 아니에요. 얼굴은 또 왜 이렇게 빨개요. 불타는 호박이 따로 없네."

"야, 그러는 너는 오늘은 왜 똥 싸러 안 가냐? 너 첫 공연 때 기억 안 나? 그때 한 다섯 번 눴나? 들락날락, 들락날락. 이 똥쟁이!"

"아, 조용히 해요. 다른 사람들 들으면 어쩌려고. 그리고 누고 왔어요."

"이란은 똥쟁이래요, 똥쟁이래요. 하루에 똥 다섯 번 싼대요."

아줌마가 큰 소리로 노래를 불렀다. 저쪽에서 맹수 아저씨가 키득댔다. 복태 오빠는 알 수 없는 야릇한 미소를 지었다. 아, 쪽팔려.

"그래, 오늘은 좀 괜찮을 것 같아?"

아줌마가 내 어깨에 팔을 둘렀다. 묵직하다.

"뭐, 여전히 좀 떨리긴 하는데, 그때만큼은 아닌 것 같아요."

"이란, 많이 컸다. 그치?"

"크긴 뭐가 커요. 딴 애들은 중3 들어서 오 센티미터는 컸다는데, 나는 이 센티미터도 안 컸어. 이 씨."

"키 말고. 너 처음에 우리 밴드 들어올 때 생각나냐? 맹수처럼 완전 어리바리했잖아. 근데 또 시키는 건 잘했어요. 처음 너 만난 날 있지, 나 진짜 설렜다. 오죽하면 고딩 때 이후로 안 쓰던 일기까지 썼겠냐."

아줌마가 알 수 없는 말을 해 댔다. 너무 취한 거 아닌가. 게다가 설렌다니.

"혹시 아줌마, 레즈비언?"

"이 자식. 니 눈에는 이제 웬만하면 다 동성애자로 보이냐?"

"농담이에요. 농담."

"파라다이스에서 너, 반주도 없이 노래 부를 때, 한동안 잊고 있던 열정을 다시 발견하게 됐어. 노래 실력도 좋았지만, 음 하나하나에 감정을 담아내는데, 마음이 움직이더라고. 그러더니 웬걸, 이렇게 훌쩍 자라 버리다니. 크으~."

아줌마가 감격에 겨운 듯, 내 눈을 지그시 바라보았다.

"란, 니가 나중에 커서 어떤 사람이 되든지 말이야. 시계공이 되든 회사원이 되든 농부가 되든 음악을 사랑하는 그 마음은 잊지 말았으면 좋겠다. 그냥 오늘은 이 말을 꼭 해 주고 싶었어."

아줌마가 내 엉덩이를 통통 치곤 드럼 세팅을 마저 하러 쿵쿵 소리를 내며 달려갔다. 협박과 폭력과 꾸지람에 능숙한 아줌마가 사람들로부터 신의를 잃지 않는 이유는 바로 이런 점

때문이 아닐까. 딱딱한 외면 안에 숨긴 촉촉하고 따뜻한 마음. 마치 바게트처럼. 진심으로 걱정하는 자상함, 내 일처럼 발 벗고 뛰는 진정성, 그리고 아름다운 음악에 대한 본능적인 열정. 나는 그런 아줌마가 참 좋다.

우연적이고도 어이없는 사건으로 밴드 영양실조와 함께한 지 육 개월. 짧은 시간이었지만 함께 울고 웃고 싸우고 흥분하며 온갖 감정들을 나누었다. 많은 일이 있었다. 재밌고 좋던 때가 있는가 하면, 짜증 나고 힘들었던 때도 있다. 하지만 늘 변함없는 한 가지가 있다면, 함께 호흡을 맞추고 연주를 하는 게 그 무엇보다도 즐거웠다는 것.

시간이 흘러 복태 오빠가 졸업을 하고 맹수 아저씨와 계서 아줌마도 바빠지고 유미와 나도 입시 경쟁에 휘말리게 되면 영양실조는 없어질지도 모른다. 하지만 지금 느끼는 이 끈끈한 감정은 평생토록 잊지 못할 것이다. 나에게 음악의 기쁨을 알게 해 준 멤버들에게 진심으로 고마운 마음을 느낀다.

"자, 삼십 분 뒤에 입장 시작합니다. 서둘러 주세요."

행사 진행자가 확성기에 대고 소리친다. 오빠다. 오빠는 오늘 행사의 진행 요원으로 자원봉사를 나왔다. 의자 세팅하고 청소하고 무대며 조명 설치하는 거 챙기느라 정신이 하나도 없어 보인다. 멀리서 눈이 마주친다. 오빠가 나에게 힘차게 손을 흔든다.

오빠는 요즘 조금 힘든 시간을 보내고 있다. 지민 오빠가 일주일 전에 호주로 떠났기 때문이다. 내색은 안 하지만 내심 무척 서운하고 허전해하는 것 같다. 그래도 둘만의 인터넷 까페를 만들어 서로의 안부를 올리고, 시차 맞춰 인터넷 통화하는 것 보면 완전 닭살이다.

무기정학도 완전 풀리지는 않았지만, 곧 해결될 것 같다. 오빠가 서명 운동 한 것과 아빠 신문사에서 나온 기사, 그리고 선생님들이 학교운영위원회에 올린 건의안이 모여 힘을 발휘했기 때문이다. 특히 신문 기사는 의외로 많은 사람들의 관심을 끌었다. 청소년 동성애자들이 학교에서 어떤 차별을 받는지를 다룬 기사에는 오빠의 이야기가 실리기도 했다. 아는 사람은 알고 모르는 사람은 모르는 이야기, 하지만 그 누구에게나 일어날 수 있는 이야기에 사람들은 귀를 기울여 주었다. 물론 여전히 비난하고 욕을 해 대는 사람들도 많았다. 그 기사에 달린 리플 중 반은 모두 악플이었으니까.

스스로를 사랑하는 방법, 오빠는 그 답을 찾고 있다고 말했다. 세상에 부딪히고 깨지면서 오빠는, 과연 답을 찾았을까? 잘 모르겠다. 하지만 한 가지만은 확실하다. 적어도 오빠가 신나게 살고 있다는 것.

오빠는 요즘 새로운 재미에 빠졌다. 그토록 원하던 액션 스쿨에 등록한 거다. 유명한 무술 감독이 운영하는 곳인데 액션 배우를 양성하는 곳이라고 한다. 와이어에 매달리고 각목으로 내리치고 달려오는 차에 박아 대는 위험한 액션을 오빠는 물

만난 고기라도 된 듯 아주 신 나게 해내고 있다. 매일 저녁 오빠는 여기저기 다쳐서 들어온다. 그 탓에 온 집 안에 파스 냄새가 진동을 한다.

파스 냄새가 내 옷에 배는 것을 뺀다면, 우리 집은 별다른 문제없이 잘 돌아가고 있다. 얼핏 보면 예전으로 고스란히 돌아간 것처럼 보이지만, 그 안에서도 조금의 변화는 있다. 가장 큰 변화는 아빠다. 오빠 문제가 어느 정도 정리될 무렵, 아빠가 독립 선언을 했다.

"앞으론 너희들만 보고 살지 않을 거야. 아빠도 아빠 인생을 살 거다. 그렇게들 알고 있어."

"에이, 뭐가 달라지는데?"

"글쎄. 거기까진 아직 생각 안 해 봤어. 이제부터 생각할 거야. 그거부터 시작이야."

아빠는 다음 주부터 한 달 동안 혼자 유럽 배낭여행을 하기로 했다. 이십 년 근속 특별 휴가를 받은 것이다. 아빠가 나와 오빠를 두고 여행을 가는 것은 처음 있는 일이다. 예전 같으면 상상도 못 할 일.

"로마 가서 자전거도 타고, 비엔나 가서 비엔나 소시지 먹고, 네덜란드 가서 더치커피도 마실 거야. 그리스에 가서는 시를 지어 올지도 몰라."

참, 그동안의 취미를 살려 바리스타에도 도전하기로 했다. 우리와 마찬가지로 아빠도 그렇게 자신만의 길을 걷는 법을 배우고 있다.

"시간 다 됐습니다. 관계자 분들은 무대 뒤로 이동해 주세요."

공연 시간이 다 되어 간다. 가슴이 콩콩 뛴다. 슬쩍 객석을 본다. 반 이상이 찼다. 저 멀리에 아빠도 보인다. 아주 큰 꽃다발을 어떻게 처리해야 할지 몰라 낑낑대는 모습.

"영양실조 올라가세요."

우리는 눈빛을 교환하곤 컴컴한 무대 위로 올라간다.

조명이 터진다. 관객들이 환호한다. 계서 아줌마의 드럼 스틱 마주치는 소리. 복태 오빠의 베이스가 둥 두둥 둥 하고 드럼과 함께 달리면 유미의 키보드가 사뿐사뿐 그 결을 서성인다. 곧 맹수 아저씨 기타가 기다렸다는 듯 좌우지징 하고 앞으로 힘껏 치고 나간다. 자, 연주는 시작됐고 나는 또 그렇게 음악의 세계로 빠져든다.

스스로에게 묻는다.

행복하니?

그때그때의 작은 기쁨과 값싼 행복

"그 책 자주 읽네."

남편이 내게 말했습니다.

"응. 그냥 계속 손이 가네."

나는 대답했습니다.

"내가 밑줄을 그어 놓아서 재미있는 거야."

남편은 어깨를 우쭐하며 말하고는 껄껄 웃었습니다.

며칠 전, 책상 위에 쌓아 놓은 책 가운데 한 권인 『눈뜨면 없어라』를 두고 남편과 나눈 대화입니다.

『눈뜨면 없어라』는 정치인이자 작가인 김한길 씨의 스물아홉 청년 시절 일기를 옮긴 책이에요. 당시 김한길 씨는 정치인도, 베스트셀러 작가도, 유명 여배우의 남편도 아니었습니다. 그저 '미나'라는 이름을 가진 한 여자의 남편이자, 그녀와 함께 미국으로 건너가 학생과 가장의 역할을 동시에 해내야 했던 고된 청춘이었어요. 이 책은 두 사람의 힘겹고도 달콤한 신혼 생활을 고스란히 담고 있습니다.

남편으로부터 늦는다는 전화를 받고, 저는 일찍 퇴근해 밀린 빨래를 했어요. 그리고 이 책을 다시 펼쳐 남편이 그어 놓은 밑줄의 내용만 읽었습니다. 슬렁슬렁 책장을 넘기는데 한 줄의 문장에 시선이 머물렀습니다.

'바꾸어 말하자면, 이혼에 성공했다. 그때그때의 작은 기쁨과 값싼 행복을 무시해 버린 대가로.'

미국 생활 5년 동안 이 책 속의 남편은 주유소 아르바이트를 시작으로 미국 주재 한국 신문사의 국장까지 올랐습니다. 그 사이 아내는 옷가게에서 일하며 아이까지 낳으면서도 영문학 석사 학위는 물론 변호사 자격까지 땄습니다. 바다가 보이는 언덕에 새 집을 짓고 이사한 지 한 달 뒤, 부부는 이혼을 했습니다. 그 이유를 남편은, 그때그때의 행복을 무시하고 먼 미래만 보고 달려왔기 때문이라고 이야기한 것입니다.

화장실에 들어서다 깜짝 놀랐습니다. 세면대 거울에 비친 내 모습을 보고 말입니다. 너무 화나 보였기 때문이에요. 입매는 아래로 한껏 처져 있고 눈에서는 레이저가 나오는데 와, 정말 무서웠습니다. 오줌 마려운 것도 꾹 참고 거울을 보고 씩 웃었습니다. 억지로라도 웃어야 할 것 같았거든요. 화장실에서 나오면서 혼잣말을 했습니다.

"아, 재미없네."

나는 내가 꽤 재미있는 사람이라고 생각했습니다. 적어도 지루한 사람은 아니라고 생각했죠. 그런데 양껏 화난 표정을 보니 잘 모르겠더군요. 어쩌면 나는 나도 알지 못하는 사이 엄청 재미없는 인간이 되어서 사람들에게 민폐를 마구 끼치고 있는지도. 그렇다면 그건 정말 지구 온난화만큼이나 곤란한 일이에요.

곰곰이 생각해 보았습니다. 나는 어쩌다가 이리도 재미없는 사람이 되었을까. 결론은 이거예요. 어느 순간부터 나는 김한길 씨가 '이혼에 성공한 이유', 그러니까 그때그때의 기쁨과 행복을 무시하고 살아왔던 것 같아요. 하루하루가 그 자체로 온전한 시간이기보다는 '내일을 위한 임시'로서만 존재하고 있었던 거죠. 그러니 오늘이 즐겁지 못하고, 내일과 모레 또한 즐겁지 않았을 거예요. 이토록 재미없는 사람이 되어 버릴 수밖에요.

새해가 되니 매년 초에 했던 다짐들이 떠오릅니다. 대부분 지키지 못했네요. 올해는 조금 다른 목록을 만들어 볼까 합니다. 심장을 콱콱 뛰게 할 신 나는 일, 지금 바로 이 순간의 행복을 위해 해야만 하는 일들로 말입니다. 그래서 하루빨리 재미있는 사람으로 복귀해 엄청 재미있는 글을 마구 써 댈 거예요.

새벽 4시가 넘은 시각, 사각사각 소리를 내며 눈이 내립니다. 남편은 아직 돌아오지 않았어요. 우산을 들고 마중을 나가 봐야겠습니다.

2011년 1월

김이연

나는 즐겁다

2011년 1월 21일 1판 1쇄

지은이 : 김이연

편집 : 김태희, 김태형
디자인 : 권지연
제작 : 박흥기
마케팅 : 이병규, 최영미, 양현범

출력 : 한국커뮤니케이션
인쇄 : POD코리아
제책 : 경문제책

펴낸이 : 강맑실
펴낸곳 : (주)사계절출판사
등록 : 제 406-2003-034호
주소 : (우)413-756 경기도 파주시 교하읍 문발리 파주출판도시 513-3
전화 : 031)955-8588, 8558
전송 : 마케팅부 031)955-8595 | 편집부 031)955-8596
홈페이지 : www.sakyejul.co.kr | 전자우편 : skj@sakyejul.co.kr
독자카페 : 사계절 책 향기가 나는 집 http://cafe.naver.com/sakyejul

값은 뒤표지에 적혀 있습니다.
잘못 만든 책은 구입하신 서점에서 바꾸어 드립니다.

사계절출판사는 성장의 의미를 생각합니다.
사계절출판사는 독자 여러분의 의견에 늘 귀기울이고 있습니다.

ISBN 978-89-5828-533-5 44810
ISBN 978-89-5828-473-4 (세트)

이 도서의 국립중앙도서관 출판시도서목록(CIP)은 e-CIP 홈페이지(http://www.nl.go.kr/cip.php)에서 이용하실 수 있습니다.(CIP제어번호: CIP2011000164)